Pierre Léoutre

Sectographie

Avertissement

*Ce roman est une œuvre de pure fiction
et n'engage en rien la responsabilité des organismes cités.
Merci à Simone !*

OUVERTURE

Lou Reed, "Walk on the Wild Side".

Le téléphone intérieur sonne, je coupe la cassette. C'est le secrétariat du Directeur, je suis convoqué immédiatement dans le bureau du grand chef. Que se passe-t-il ?

J'emprunte un dédale de couloirs, je pousse une porte capitonnée, j'arrive devant une porte blindée à interphone ; je sonne. J'entends ronronner le moteur électrique de la caméra, qui enregistre mon beau visage de Policier d'élite des services de renseignements français ; un autre moteur électrique, plus puissant celui-ci, entre en action, et la porte blindée s'entrebâille ; je pousse, je rentre, je décline mon identité professionnelle à une jolie jeune femme glaciale tandis qu'un garde du corps patibulaire passe un détecteur de métaux sur mon costume ; obéissant à une injonction sèche, je donne aussitôt ma carte professionnelle, qui est soigneusement rangée dans un coffre, je suis enfin catapulté dans le bureau du Directeur. Il était temps, je commençais à prévoir de passer la nuit dans l'antichambre du centre de commandement de ma direction.

Le Directeur est assis derrière son bureau, en train de lire un dossier, comme tous les Directeurs. Je le salue avec déférence, il m'enjoint de m'asseoir sur l'un des somptueux fauteuils qui trônent sur une moquette d'excellente qualité et soigneusement entretenue. Quoique blasé par une dizaine d'années de bons et loyaux services, je ne peux m'empêcher d'être impressionné par la mise en scène ; je n'ai aucune chance de pouvoir refuser ce qui va m'être proposé, je le sais

déjà. Soudain, le Directeur m'adresse la parole :
- Inspecteur, vous faites partie des bons éléments de la Direction.
- Je vous remercie, Monsieur le Directeur.
- Ne me remerciez pas, vous méritez ce compliment, jusqu'à preuve du contraire. Mais je ne vous ai pas convoqué pour des congratulations, ni pour vous annoncer une promotion, ce n'est pas mon rôle. Je vous ai fait venir ici car la situation est grave. La suite de notre conversation est classée « secret-défense ».
- J'en prends note, Monsieur le Directeur.
- Non, ne prenez pas de notes
- Non, je voulais dire, je prends acte que la suite de notre conversation est hautement confidentielle.
- Ah bon !

Le Directeur toussote, réajuste ses lunettes, puis reprend le dossier qu'il lisait lorsque je suis entré dans son bureau.
- Nos amis de la CIA ont eu l'amabilité de me faire parvenir un rapport sur l'ingérence des services que nous combattons dans nos propres agences de renseignements. Le bilan est dramatique ; la DGSE est en pleine perestroïka, et les RG sont KO. Je ne vous en dirai pas plus, mais vous comprenez ce que je veux dire.
- Oui Monsieur le Directeur.
- Le dossier de la CIA émet même l'hypothèse que notre propre Service puisse être soumis à une influence étrangère ! Des éléments de cette Direction prestigieuse auraient relâché leur vigilance professionnelle et se laisseraient aller au doute, porte ouverte à des cafouillages graves que je ne saurais admettre ni même envisager. Nous devons réagir, Inspecteur.
- Oui, Monsieur le Directeur.

- À la lecture de ce rapport catastrophique, j'ai organisé une réunion secrète des chefs de tous les services de renseignements français, et nous avons décidé la mise en place de l'opération "RELAX". Vous êtes un pion de l'opération "RELAX".
- J'en suis très honoré, Monsieur le Directeur.
- Votre rôle sera le suivant : Vous quitterez officiellement le Service, et serez reconverti comme détective privé dans une ville de province ; cette affectation, votre couverture, est bien entendu, un leurre, destiné à tromper nos adversaires ; vous serez actionné ponctuellement par un agent de notre Service, et vous bénéficierez pour chaque mission de l'intégralité des dispositifs du Ministère de l'Intérieur. À ceci près que votre indépendance opérationnelle vous donnera une marge de manœuvre dont nous ne disposons plus actuellement, et qu'en situation extrême, vous disposerez de la même protection de la Direction qu'actuellement ; vous savez que, quelles que soient les circonstances, nous ne laissons jamais tomber nos agents.
- C'est exact, Monsieur le Directeur.
- En ce qui vous concerne j'ai d'abord pensé comme affectation à la ville de Toulouse, où vous avez passé votre jeunesse étudiante ; j'ai ensuite choisi comme agent de liaison l'une de vos collègues, avec laquelle vous entretenez, je crois, d'excellentes relations, l'Inspecteur Nelly.
- Vous êtes bien informé, Monsieur le Directeur.
- C'est la moindre des choses, non ?
- Oui, Monsieur le Directeur.
- Bien ; acceptez-vous d'intégrer ce dispositif ? Vous remarquerez que je vous ai octroyé des conditions de travail particulièrement agréables.
- C'est indéniable Monsieur le Directeur. J'accepte.

- Je n'en attendais pas moins de vous. Au revoir, Inspecteur.

Je me lève et me dirige vers la porte. Au moment où je vais quitter la pièce, le Directeur m'appelle :
- Inspecteur ?
- Oui, Monsieur le Directeur ?
- Vous êtes un élément de valeur. Ce sont des Policiers comme vous qui font la carrière de vos directeurs.
- Merci, Monsieur.

Je referme la porte. Je ne sais pas trop comment prendre cette dernière apostrophe, mais mon expérience professionnelle m'a appris que dans certaines circonstances, il était préférable de ne pas réfléchir excessivement ; de toute façon, le Directeur ne m'a pas menti, il m'a vraiment offert une situation favorable ; j'adore Nelly et j'adore Toulouse, et les conditions de complète indépendance, propice à l'initiative, de ce nouveau poste, sont plutôt stimulantes. Va pour Toulouse.

Je repasse devant le poste de contrôle ; après avoir certifié que je ne porte pas de micros cachés dans ma cravate ou les talons de mes chaussures, je réclame ma carte professionnelle ; la jeune femme me répond :
- Vous n'en avez plus besoin.

Les nouvelles vont vite dans cette Direction.

∴

CIGARE BELGE

Je reviens de chez le marchand de tabac, où j'ai acheté une boîte de "Corps Diplomatique" (After Dinner), une marque de cigares belges que m'a conseillée un ami. « Plutôt que de te ruiner la santé à fumer trois paquets de Camel par jour, tu devrais faire comme moi et te mettre au cigare ; tu tousses un peu moins, ton entourage trouvera que les pièces où tu es passé sentent moins le tabac froid. Bref, une nouvelle vie, mon vieux ! »

La marchande du kiosque à journaux a bien ri en voyant dépasser la boîte de cigares de la poche de ma veste, mais elle n'a fait aucun commentaire en me donnant mon journal. De toute façon, j'étais fatigué, j'avais la mine des mauvais jours, ou plutôt de la nuit blanche que j'avais grillée à jouer aux cartes dans l'arrière-salle d'un café toulousain dont je tairai le nom, vous comprendrez pourquoi.

Je m'affale sur mon fauteuil et je contemple d'un air absent le téléphone sans fil que l'une de mes maîtresses m'a offert pour mon anniversaire. Prémonition ou singulier hasard, la sonnerie se met à retentir, le double carillon strident me fait aussitôt songer à la boîte d'Efferalgan qui traîne dans l'armoire à pharmacie. Je décroche.
- John ?

Très peu de gens me connaissent sous ce pseudonyme. Je sais qui m'appelle. Un nouveau rodéo en perspective...

Ce n'est pas que je m'ennuie, j'ai du pain sur la planche, comme d'ailleurs tous les détectives privés depuis quelques années. Une profession d'avenir, je vous le dis, dans une société paranoïaque où tout le monde veut tout savoir sur tout le monde. Les maris trompés, les femmes jalouses qui tournent en rond, l'espionnage économique aussi, de plus en plus porteur.

Il est vrai que j'appartiens à une espèce particulière de détectives privés, celle des vrais-faux détectives privés. Je vous explique. Ils ont un bureau, une raison sociale, ils sont inscrits au Tribunal de Commerce, ils font même des enquêtes comme leurs pseudo-collègues. Mais en réalité, ils appartiennent à un Service. En l'occurrence, la DST, la Direction de la Surveillance du Territoire.

Je palabre, je discute, et le temps passe, alors que John a rendez-vous avec son correspondant.

∴

Je pénètre dans le café, point de chute habituel de nos rencontres, Il est en retard, contrairement à son habitude. Je regarde la rue à travers la porte vitrée ; il fait soleil, le printemps est arrivé, et nous pouvons contempler à nouveau les jambes des Toulousaines. Il était temps, ce dernier hiver avait été particulièrement long, et cinq mois sans pouvoir contempler de jolies inconnues, c'est vraiment insupportable.

J'en vois passer une, plus ravissante que les autres, qui doit faire le même raisonnement que moi, mais en sens inverse ;

robe courte et légère, visage lumineux, jeune, avec quelques rondeurs ; si le travail n'avait pas déjà commencé, et si une énorme flemme ne pesait pas sur mes épaules, je l'aurais peut-être invitée à boire un verre.

La porte s'ouvre, et entre mon agent de liaison.
- Bonjour, John. Excuse-moi pour le retard.

La garce. Elle m'a serré la main.

Elle s'assied, elle semble aussi fatiguée que moi, mais certainement pas pour les mêmes raisons. Toujours aussi blonde, toujours aussi belle, mais hélas si distante depuis que nous ne sommes plus amants. C'est la vie. Heureusement pour elle et moi, nous n'avions pas que ce seul point commun, et notre amitié s'est prolongée dans le travail.
Amitié... Est-il possible d'être ami avec une femme que l'on a aimé ?

- John, arrête de me regarder avec ces yeux d'amoureux éconduit. J'ai peu de temps. Tu m'offres un verre ?
Je n'aime pas la voir tendue. Je sais qu'elle mène une vie impossible, la rumeur dit qu'elle œuvre dans une des sections les plus dures de la DST, celle qui est chargée des missions internationales. J'ai toujours pensé que son patron me l'envoyait entre deux de ces missions, un peu comme des vacances : "Agent 009, vous avez bien travaillé, allez voir le Toulousain". À moins qu'elle ne vienne de sa propre initiative, allez savoir, dans ce milieu, tout est possible. Non, les agents de la DST ne prennent jamais d'initiatives.

- John, à quoi rêves-tu ? Je t'ai demandé de m'offrir un verre.

Elle n'est vraiment pas de bonne humeur. Le garçon nous sert nos boissons et elle entre tout de suite dans le vif du sujet :
- Les services centraux sont accablés de notes qui évoquent un développement phénoménal de sectes, de groupements pseudo-métaphysiques qui recrutent massivement dans tous les milieux. Tant qu'il s'agissait d'églises parallèles, cela n'avait pour nous aucune importance, que les gens aillent voir un curé ou un gourou, il n'y avait aucun danger pour la sécurité de l'État. Mais depuis quelques mois, plus exactement depuis les événements dans les pays de l'Est, nous constatons une prolifération d'organisations clandestines, qui ciblent particulièrement leurs objectifs, et qui diffusent une idéologie dangereuse pour les démocraties occidentales. Nous n'avons pas combattu le communisme pour le voir remplacé par le fascisme ; or, des signes inquiétants se multiplient dans plusieurs pays européens, qui tendent tous à démontrer une volonté de fragilisation de nos systèmes politiques.
- Volonté de qui ?
- Comme toujours, rien n'est simple. La vieille garde des services de renseignements de l'ancien Bloc de l'Est, qui ne supporte pas la défaite du système dont elle s'est nourrie et qui rêve de revanche ; les jésuites du Vatican, qui se croient revenus au temps des Croisades et fantasment sur une conversion en masse ; l'internationale nazie, qui perd son ennemi obsessionnel et se découvre un nouveau combat. L'Europe est en train de se construire, tout le monde espère y participer, à sa manière.

La dernière fois que je l'avais vue, elle m'avait parlé du dernier coup tordu de l'ex-KGB, qui passait par la Yougoslavie, la Syrie et la Libye. Un classique du genre, simple à comprendre, même pour moi. Voilà maintenant qu'elle se lance dans la géopolitique. Je vais devoir me mettre au goût du jour.
- Que suis-je censé faire ?
- Il y a eu à Bruxelles la semaine dernière une réunion des services de renseignements de L'OTAN, à laquelle étaient invités les responsables de leurs homologues de la CEI, la Communauté des États Indépendants, l'équivalent de notre CEE à l'Ouest ; et tous sont tombés d'accord pour mesurer l'ampleur de ce phénomène sectaire. Les Américains ne peuvent pas se permettre de voir l'Europe sombrer dans un Moyen-Âge idéologique, même si au nom de la Liberté religieuse, ils ont une approche très différente de nous sur ce sujet ; les Russes n'ont pas envie de voir leur ancien empire se diviser en de multiples petites Pologness ; et les Français ne souhaitent pas voir disparaître cinquante années d'efforts en faveur de l'Europe laïque et démocratique au profit d'une mosaïque nationaliste et belliciste.
- La situation est grave à ce point ?
- Si je suis à Toulouse pour t'en parler, c'est qu'il se passe effectivement quelque chose.

Je tourne la tête vers la rue. Passe un groupe d'étudiants turbulents et joyeux. J'envie un quart de seconde leur insouciance, puis je reprends la conversation.
- Tu sais, vu d'ici, les problèmes que tu évoques paraissent bien lointains. N'y vois pas une réticence de ma part, mais,

franchement, je ne sais pas comment je vais pouvoir t'aider. Pour cette fois.
- Tu te trompes. Et je vais te le prouver. Tout de suite.

∴

COUSCOUS

Elle se penche sous la table et attrape sa valise. Elle l'ouvre, et je découvre à l'intérieur, spécialement aménagé, le dernier Macintosh portable, le Powerbook. Elle allume son ordinateur, fait apparaître à l'écran un dossier qu'elle commence à me lire :
- Cette image de synthèse représente le RITA (Réseau Intégré de Transmission automatique). « Conçu sous la maîtrise industrielle de la société THOMSON-CSF, le RITA permet à un corps d'armée de communiquer (en téléphonie, télégraphie et en transmission d'images et de données) avec les unités qui lui sont subordonnées pendant leur déplacement sur le terrain. Il est protégé contre une interception ou intrusion extérieure et il fonctionne en ambiance nucléaire. Acquis par l'Armée de terre française (pour une somme globale de huit milliards de francs), le RITA a été adopté par la Belgique et les États-Unis, qui ont été amenés à en réaliser certains des équipements. Il a été utilisé partiellement en Arable Saoudite, pendant la guerre de la coalition alliée contre l'Irak, et lors des derniers Jeux Olympiques d'hiver dans les Alpes françaises ».
Les circuits informatiques les plus sophistiqués et par conséquent les plus secrets sont fabriqués à Toulouse or, nous savons de source sûre que des plans de ces circuits reproduits sur une disquette laser, ont atterri dans les locaux de l'Agence russe de renseignement extérieur, le SVR, nouvelle branche du KGB chargée spécialement de l'espionnage économique. Nous avons commencé à remonter la filière, qui passe par la Belgique, mais nous nous heurtons ensuite à un phénomène surprenant, inhabituel dans ce genre d'affaires : une secte serait à

l'origine de la fuite ; c'est du moins ce qui transpire des premières informations que nous avons pu recueillir sur ce réseau d'espionnage. Nous n'en savons pas plus pour le moment. C'est à ce niveau que tu interviens : confirmer l'utilisation d'une secte par le KGB, l'identifier et la neutraliser. Ce ne sera pas facile.

- Quels sont les relais dont je dispose pour cette mission ?
- En ce qui concerne la documentation globale sur les sectes, tu téléphones de ma part à un Inspecteur de la Direction Centrale des Renseignements Généraux, ce sont les meilleurs dans ce domaine ; localement tu t'appuies sur un Inspecteur de la même Direction. En cas de coup dur, tu peux également disposer de la Section Recherches, la section antiterroriste des RG.
- Pourquoi pas la DST de Toulouse ?
- Ce n'est pas leur domaine d'activité, du moins au niveau où tu travailles.
- J'ai du mal à croire que pour une enquête sur les sectes, je puisse avoir besoin de la Section Recherches.
- Je l'espère pour toi ! Retiens tout de même ce que je te dis.
- Tu sais parfaitement que j'ai une excellente mémoire.
- C'est bien pour cette raison que je travaille avec toi.

Ce qu'il y a de terrible avec elle, c'est qu'elle ne laisse jamais intervenir l'affectif dans les relations professionnelles. Elle ose me dire que nous préparons ensemble cette nouvelle mission uniquement parce que mes neurones sont disposés de telle manière que je mémorise facilement, pour peu que j'en aie envie. Si vous voyez ce que je veux dire. J'ai envie de lui répondre que je suis d'abord avec elle pour ses beaux yeux, mais je vais encore lui faire de la peine. Elle s'aperçoit qu'elle m'a vexé :

- Tu boudes, John ?
- Oui. Ils font de toi un monstre froid.
- Cela n'a aucune importance. Et puis, tu es là pour me le dire de temps en temps.
Bonne réponse. Vraiment très forts, à la DST.
- As-tu d'autres instructions, ma chère ?
- Non. Enfin, comme d'habitude, je te recontacterai lorsque j'estimerai que ta mission sera terminée.
- OK. Puis-je t'inviter à dîner, avant que tu ne rejoignes Paris ?
- Oui, tu peux m'inviter au restaurant.

Une lueur joyeuse passe dans son regard lorsqu'elle me fait cette réponse, et je sais à quoi elle pense. Nous nous étions en effet rencontrés dans un restaurant marocain du cinquième arrondissement de Paris, où j'ai mes habitudes lorsque je me rends dans la capitale. Elle était alors une jeune Inspectrice de Police débutante et effectuait une enquête de routine sur moi. J'étais attablé, en train de lire mon journal, et j'avais évidemment remarqué cette jolie jeune femme blonde qui parlait à Aïcha, la restauratrice, avec des airs de conspirateur. Amusé, peut-être déjà séduit, je demandai à la sœur d'Aïcha qui était cette jeune personne, et elle me répondit qu'il s'agissait d'un agent secret de la DST. À l'époque, on parlait beaucoup dans la presse de terrorisme arabe, mais aussi d'intégrisme iranien, et en raison de ma fonction, j'avais appris à être extrêmement prudent devant toute apparition inexpliquée. Aïcha s'approcha de moi pour me demander si tout allait bien. L'hospitalité marocaine n'était pas un vain mot, je n'avais pas l'impression d'être ici seulement dans un restaurant, mais aussi chez des amis Je lui demandai si à son avis il était possible d'inviter la jeune femme blonde à ma table ; elle me le déconseilla.

Nous entendîmes soudain un bruit de chute dans l'escalier. Aïcha et moi nous précipitâmes vers la sortie de la salle du premier étage, et nous trouvâmes la jeune femme blonde assise sur le sol, au bas des marches. Visiblement, elle avait glissé et semblait même assommée. Aïcha partit chercher la boîte des premiers secours tandis que je m'approchai de l'agent secret blessé. Je me penchai vers elle ouvrit les veux mon visage, tout près du sien. C'est ainsi que je fis connaissance avec Nelly.

Je l'invitai à ma table, pour qu'elle reprît ses esprits. Je lui révélai que je connaissais son identité professionnelle, ce qui la vexa terriblement ; elle m'apprit alors qu'elle était chargée l'une enquête confidentielle sur mon compte, en prévision de ma prochaine nomination dans le groupe opérationnel rattaché au Directeur de notre Service commun ; à la suite de quoi nous devînmes un temps amants, et définitivement amis.

∴

RG

J'arrive dans mon bureau tôt le matin ; j'ai raccompagné Nelly à l'aéroport de Toulouse-Blagnac, car elle devait regagner Paris rapidement. Je pose mes journaux sur la table : Le Monde, pour ne pas le citer, plus l'indispensable Dépêche du Midi pour les informations régionales ; un quart de seconde, j'envisage d'aller me promener pendant quelques jours au pays basque ; puis je reprends Le Monde avec l'intention de le lire un peu plus attentivement que d'habitude. Les propos de Nelly m'avaient stimulé ; depuis quelques mois, j'avais tendance à me laisser aller, et je jetais simplement un œil distrait sur les titres des principaux articles, ne lisant que ceux qui concernaient le terrorisme, l'espionnage et pour compenser ces sujets austères, ceux qui traitaient de littérature. La douceur de la vie toulousaine m'avait fait décrocher des grands mouvements de l'actualité internationale.

Je commence par appeler l'inspecteur de la Direction Centrale des Renseignements Généraux. Très remonté contre les sectes, l'Inspecteur parisien. Après avoir vérifié que j'étais bien l'interlocuteur annoncé par Nelly, il promet de m'envoyer une documentation sur les différentes organisations qui se déploient actuellement sur le territoire. Je téléphone à son collègue de la Direction des RG de la région Midi-Pyrénées, et nous convenons d'un rendez-vous dans un café de la place du Capitole. Lui aussi attendait mon appel. Nelly est une fille sérieuse.

Je vois arriver un jeune Inspecteur, dynamique et décontracté. Je souris. Les RG, les aristocrates de la Police. Celui-ci me semble être plein d'enthousiasme pour son travail et particulièrement fier de me rencontrer ; il doit s'en raconter sur mon compte des vertes et des pas mûres, dans les locaux des RG... Je l'invite à boire un verre, et nous entamons la discussion :

- Bonjour, inspecteur. Je remercie d'avoir répondu si vite à mon appel.
- C'est tout fait normal, Monsieur. Je tiens cependant vous préciser, préalablement à cet entretien, que j'agis avec l'autorisation expresse de ma hiérarchie car vous imaginez bien qu'un entretien avec quelqu'un comme vous ne saurait être anodin.
- Vous avez l'honnêteté de me le dire, et je vous en remercie, Inspecteur. Mais je suis si sulfureux que cela ? Serais-je défavorablement fiché par votre Administration ?
- Je n'irai pas jusqu'à l'affirmer, Monsieur. Mais sans trahir le secret de mes archives, vous seriez un agent de la CIA.
- Comme dans les romans d'espionnage ? Un SAS toulousain ? Je n'en ai pas l'allure.

Ma judicieuse réflexion le rend dubitatif. Effectivement je ne ressemble pas du tout à Malko Linge, James Bond, ou à ces autres personnages rendus célèbres par la littérature de type 007. Mais je ne souhaite pas que le jeune Inspecteur des Renseignements Généraux perde pied dès le début de notre discussion et je change de sujet :
- À chacun sa part de mystère, Inspecteur. Laissez-moi mes zones d'ombre, comme je respecte les vôtres. Parlons plutôt de la véritable raison de notre rencontre.

- Oui, parlons-en. J'ai reçu la mission de vous assister dans une enquête sur les sectes dans la région Midi-Pyrénées. Je suis en effet le spécialiste des cultes, des sectes et de tous ces mouvements marginaux qui agitent notre société en cette fin du vingtième siècle.
- Lourde responsabilité.
- Certes. Vous connaissez probablement la phrase d'André Malraux, le ministre de la Culture du Général De Gaulle : " Le vingt-et-unième siècle sera religieux ou ne sera pas ". Cette phrase visionnaire annonçait des dangers que nous commençons à percevoir.
- Vous réfléchissez beaucoup au fondement de votre activité professionnelle !
- Certes. Mais n'est-ce pas utile dans le domaine des esprits La manipulation mentale est une réalité et le Ministère de l'intérieur ne saurait négliger un tel domaine.
- Je vous suis, Inspecteur ; mais comprenez qu'a priori, on ne s'attend guère à ce qu'un Service comme les Renseignements Généraux s'occupe de ce type de problème ; n'y a-t-il pas là un risque de dérive vers la police politique comme dans les pays autrefois régis par l'épouvantable système du Goulag ?
- Je préfère vous arrêter tout de suite, vos propos sont complètement erronés, les RG ne sont pas une police politique.
- Que représentez-vous alors ?
- Je suis en mesure de vous le dire officiellement.

L'Inspecteur attrape son cartable qui lui donne un air d'étudiant, et en extraie un cahier à la couverture cartonnée que je reconnais car j'ai eu le même, il y a quelques années : il s'agit d'une sorte de manuel qui avait été distribué à tous

les Inspecteurs de Police du Ministère de l'Intérieur. Le Policier des RG me dit :
- Voulez-vous que je vous lise la définition exacte de nos activités ?
- Pourquoi pas.
- La Direction Centrale des Renseignements Généraux a pour mission principale et permanente l'information du Gouvernement sur l'état de l'opinion publique. Pour cela, c'est elle qui est chargée de la recherche et de la centralisation des renseignements d'ordre politique, social et économique. Elle assure la Police des établissements de jeux et des champs de courses. Elle exécute des enquêtes à caractère administratif. Elle effectue la recherche des informations, la surveillance des groupes susceptibles de porter atteinte à l'ordre public ou à la sûreté de l'État, le contrôle de l'accès de certains édifices publics ou privés lors des voyages officiels ou des déplacements en France des hautes personnalités françaises ou étrangères (chef de l'État, ministres, etc.). Elle gère le fichier national informatisé « Violence - Attentats - Terrorisme »...
- Inspecteur...
- Oui ?
- Je pense qu'il est temps de dire que je suis moi-même un Inspecteur de Police détaché ; mon travail de détective privé est une couverture, et je travaille pour le Ministère de l'Intérieur, comme vous. Nous pouvons nous tutoyer, collègue.

L'inspecteur des RG ne réagit pas trop mal à cette - petite - révélation :
- Je m'en doutais un peu... même si j'ai du mal à croire que ce genre de montage puisse exister.

- On m'appelle John. Et toi ?
- Robert. Bon, maintenant que nous savons qui est qui, comment envisages-tu de commencer cette enquête ?
- J'ai déjà mon idée.

∴

SECTION RECHERCHES

Nous convenons d'une répartition des rôles dans la quête de renseignements sur les sectes qui existent à Toulouse, Robert ayant l'avantage de disposer de la documentation de son service régional ; nous échangeons ensuite nos coordonnées, puisque nous décidons de faire équipe le plus souvent possible. Je décide enfin de l'emmener au rendez-vous que j'ai pris avec le Commissaire Jean, patron de la Section Recherches ; bien qu'ils appartiennent théoriquement à la même Direction, le cloisonnement dans les services de renseignements est tel qu'ils se connaissent à peine.

Nous avons rendez-vous dans un café des boulevards ; nous nous y rendons et nous installons en terrasse. Je ne vois personne qui ressemble à un spécialiste de la lutte antiterroriste, sans doute le Commissaire est-il en retard. Nous commandons des boissons, et, faute de mieux, attendons. Une jolie femme blonde s'assied à la table voisine, mais elle semble parfaitement indifférente, et ce n'est de toute façon pas l'heure des séductions effrénées. Deux types bâtis comme des armoires à glace entrent dans le café et s'accoudent au comptoir, mais ils ne nous jettent même pas un regard. Je regarde ma montre et je me demande si le Commissaire n'a pas oublié notre rendez-vous.

J'ai fait preuve de pessimisme ; surgit tout à coup un homme d'une trentaine d'années, en blouson de cuir, à l'aspect dynamique et sympathique.

Il s'avance vers nous et se présente ; il s'agit de mon interlocuteur. Nous nous saluons, puis je l'invite :
- Installez-vous. Commissaire. Vous voulez boire quelque chose ?
- Volontiers.

Nous nous dévisageons ; dans un registre différent, nous faisons le même travail, nous avons connu le même type de succès et le même genre de déconvenues : le renseignement est un métier qui laisse des traces et ses praticiens se reconnaissent entre eux ; nous n'aurons aucune difficulté à nous comprendre, nous sommes sur la même longueur d'onde.

En quelques mots, je lui explique les grandes lignes de ma mission, dont il avait eu connaissance par l'intermédiaire de la précieuse et fidèle Nelly. A priori, le Commissaire ne voit pas comment il va pouvoir m'être utile, car les sectes ne sont pas trop sa tasse de thé ; mais il met à ma disposition l'intégralité de ses moyens, qui sont conséquents. Il me donne ses coordonnées téléphoniques, qui me permettent de le joindre, si besoin est, vingt-quatre heures sur vingt-quatre, puis il me quitte en me promettant de mener des investigations sur le sujet qui m'intéresse. Lorsqu'il se lève, Robert et moi avons la surprise de le voir appeler la jeune femme et les deux armoires à glace que nous avions vu arriver tout à l'heure ; il s'agissait tout simplement de trois membres de son équipe, placés en protection ; j'apprécie à sa juste valeur ce dispositif, gage du professionnalisme du Commissaire.

C'est ensuite au tour de Robert de me quitter ; l'enquête que je lui propose semble l'emballer, et il est décidé à se mettre immédiatement au travail. Quand tous mes associés se sont éloignés, j'allume une cigarette ; Nelly peut être contente : tout est en place pour que cette nouvelle mission soit un succès.

∴

COURRIER

DRING ! DRING !

C'est le facteur, qui m'apporte un pli recommandé. En l'occurrence, il s'agit d'une jolie factrice remplaçante, aux formes rebondies, visiblement ravie à l'idée d'entrer dans le bureau d'un détective privé ; je dois la changer des boîtes à lettres habituelles. Je lui fais un peu de gringue, comme il convient, afin qu'elle ait le sentiment d'être montée jusqu'à mon agence pour quelque chose, et après une vague promesse d'invitation à dîner à l'occasion de la prochaine lettre qu'elle me fera parvenir, je la laisse repartir.

J'attrape mon coupe-papier et j'ouvre la lettre : il s'agit du courrier que m'a promis l'Inspecteur de la Direction Centrale des Renseignements Généraux. Je découvre une brochure réalisée par ce Service, consacrée au phénomène des sectes et qui recense l'ensemble de celles qui sévissent actuellement sur le territoire métropolitain ; ce travail est bien fait, et je reste un peu rêveur lorsque j'ai terminé de parcourir ce dossier ; mes contemporains ont vraiment le crâne fragile pour se laisser embrigader dans des organisations aussi diverses que tordues, dont le principal souci est de ramasser de l'argent au détriment de gens déstabilisés, et ce au profit de gourous dont le charlatanisme le dispute à la duplicité. Je décide de remettre à plus tard une lecture plus attentive des fiches relatives aux différentes sectes répertoriées et je reprends l'enveloppe ; j'y trouve deux autres brochures, éditées par des associations qui luttent contre les sectes, ainsi qu'une lettre du Policier des RG :

- Cher Monsieur John, je t'expédie donc la documentation promise. Elle est confidentielle. Tu t'apercevras que ces sectes ont malheureusement pris une certaine ampleur, sans pour autant, il est vrai, représenter un danger vital. Encore que... Mais il s'agit d'un phénomène très difficile à étudier, d'autant plus que juridiquement nous ne disposons de pratiquement aucun moyen pour lutter contre les sectes. La règle administrative en la matière est la suivante : « il n'existe aucun moyen légal propre à réprimer des engagements ou à sanctionner ces groupements qui forment des sectes et se prévalent de la liberté de conscience et de la liberté d'association. Les sectes ne peuvent être poursuivies que dans la mesure où elles attentent aux libertés individuelles, à l'occasion d'actes précis faits en violation d'une loi. " Plus généralement, les sectes sont assimilées aux cultes, faute de mieux, et sont de ce fait soumises au principe de neutralité et de laïcité de l'État.

En dépit de ce déficit dissuasif, la prolifération des sectes dans la société a suscité une certaine inquiétude dans l'opinion publique, c'est pourquoi nous nous y intéressons ; en outre, on suppose dans certains cas des manipulations plus complexes, sur lesquelles nous travaillons actuellement mais pour l'heure, je n'ai pas d'éléments plus précis à te donner dans cette perspective ; ce sera d'ailleurs peut-être toi qui me les feras parvenir...

Un conseil, si tu m'y autorises il s'agit d'organisations extrêmement pernicieuses et agressives, en raison des intérêts financiers et du pouvoir malsain qu'elles représentent ; sois prudent. Évite tout contact direct avec elles ; certaines sont anodines, voire bénéfiques pour des catégories particulières de la population ; mais d'autres sont

dangereuses, car elles déstructurent la personnalité de l'individu, quand elles ne vont pas jusqu'à le déposséder de l'ensemble de ses biens ou même de sa liberté à gérer sa propre vie. Personnellement, c'est un phénomène qui m'inquiète ; il s'inscrit dans un retour du parareligieux qui est en train de ravager la société, et qui n'apporte pratiquement jamais de bienfaits à ses adeptes ; quant aux familles dont l'un des membres est embrigadé par une secte, elles vivent un martyre dont elles ne sortent jamais indemnes. Les études psychologiques menées sur des membres de sectes se sont toujours révélées négatives : perte du libre arbitre, surévaluation de l'ego, enfermement dans l'univers relationnel sectaire, bref des vies détruites.
Voilà tout ce que je puis rapidement te dire sur ce sujet. Je suis bien entendu à ta disposition si cela est nécessaire. Pour terminer, je me permets de te donner les coordonnées d'un de mes amis, Jérôme, Inspecteur de la Police Judiciaire à Toulouse ; tu peux l'appeler de ma part, il est sympa et compétent, et n'hésitera pas à te suivre si dans le cadre de ton enquête interviennent des notions pénales ; c'est l'un des angles d'attaque possibles contre les sectes, du moins celles qui représentent un danger pour les libertés individuelles.
Bon courage pour tes pérégrinations dans l'univers des dingues et des escrocs au spirituel ! Amicalement. Robert ».

Non seulement ce courrier de spécialiste est très instructif, mais il m'offre en outre un assistant supplémentaire, et un assistant de poids, puisqu'il s'agit d'un Inspecteur de la PJ toulousaine. Je l'appellerai plus tard. Pour l'heure, j'ai envie d'entrer dans la mêlée et de comprendre de visu ce qu'est une secte. Je reprends le répertoire des RG, que je feuillette avant d'arrêter mon choix sur une secte orientaliste, plus précisément hindouiste qui, d'après les annotations, semble plus folklorique que dangereuse ; on y trouve, paraît-il, nombre d'ingénieurs dans ses adeptes, ce qui déclenche chez moi le réflexe classique du contre-espionnage sur le patrimoine scientifique. À chacun ses lubies : mon gourou à moi, c'est la sécurité du territoire…

J'ai cependant en tête la mise en garde de l'inspecteur des RG, et même si la secte que je compte visiter est présentée comme bénigne, je décide de prévoir une tenue adaptée aux situations tendues et aux évacuations rapides, comme il y en a parfois dans notre métier blouson de cuir, jean et bonnes chaussures.

Je cherche ensuite dans l'annuaire téléphonique les coordonnées toulousaines de la secte qui aura bientôt le plaisir de voir débouler un élément de choc des services de renseignements ; je n'ai aucune difficulté à les trouver, c'est encore plus simple que pour certaines Administrations. Je téléphone, et je tombe sur un interlocuteur très poli qui m'annonce la tenue d'une réunion pour le soir même. Aucun problème : je serai là.

∴

MÉDITATION

Sans que je ressemble à une brute, ma tenue rustique a peu de chances de me faire passer pour un étudiant en Sciences Politiques ; mais c'est la première fois que je "vais au contact" et même si j'ai la réputation professionnelle d'être un casse-cou, je ne suis pas pour autant un kamikaze ; c'est avec un semblable état d'esprit que les agents dans mon genre peuvent multiplier les missions, pour le plus grand bien de notre Direction, du Gouvernement et de la République Française.

J'arrive sur les boulevards, je tourne place Jeanne d'Arc et je rejoins la rue Matabiau, où je gare ma voiture ; il ne faut jamais stationner trop près de l'objectif ; en cas de difficultés, il faut d'abord miser sur ses jambes, afin d'éviter de se faire repérer ou, plus grave encore, de compter sur un véhicule que l'on retrouvera endommagé ; il n'y a pas cinquante techniques pour faire du renseignement, ce sont les situations professionnelles qui sont multiples, et qui font de ce métier l'une des rares aventures qui restent dans notre époque de supermarchés.

Je suis en avance. Je m'installe dans un café ; à Toulouse, le bistrot est resté un haut lieu de convivialité, où l'on entame facilement des discussions rendues chaleureuses par l'accent méridional ; je connais par cœur la géographie des cafés de la ville ; l'ambiance ne sera évidemment pas la même place du Capitole (bourgeoise et touristique), rue des Lois (étudiante), place St Georges (BCBG, fac de droit), place Arnaud-Bernard (faune sympathique mais pas nette), Mirail (étudiants en lettres, rock et cosmopolite), etc. Là où je suis, la proximité de la gare Matabiau en fait un lieu de passage pour voyageurs, au détriment des Toulousains du quartier.

C'est l'heure ; je rejoins à pied l'adresse où j'ai été si aimablement invité ; je sonne et je suis reçu par un jeune homme en tunique blanche, qui me fait entrer ; je pénètre dans une salle de sport, mais il n'y a personne en train de s'entraîner ; nous traversons la salle et nous arrivons devant un escalier ; mon hôte me demande d'enlever mes chaussures avant de monter, ce qui ne me plaît guère ; mais une trentaine de paires sont déjà répandues sur le sol et je suis obligé de m'exécuter, si je ne veux pas interrompre prématurément ma mission.

En entrant dans la pièce où se tient la réunion de la secte, je me rends compte immédiatement que je n'ai pas prévu une tenue adéquate ; je découvre en effet une assemblée de doux hippies attardés, tous pieds nus (je dois être un des rares à porter des chaussettes, d'excellente qualité d'ailleurs) et habillés de blanc, comme celui qui m'a ouvert la porte et qui semble être le responsable. Un fond musical de musique indienne, une lumière tamisée et une forte odeur d'encens complètent l'atmosphère, qui se veut décontractante ; mais le résultat donne plus une impression de bricolage que d'univers parallèle. La plupart des gens sont assis à même le sol : je choisis d'attraper une chaise, utile gourdin par destination en cas de besoin, et m'installer près de la porte d'entrée, au fond de la salle.

La séance débute par une quête ; ça commence bien : j'imagine la tête du responsable financier de ma Direction lorsque je lui enverrai ma note de frais : "quinze francs. Objet : financement d'une secte" ; je crois qu'il préférera encore que je fréquente les meilleurs restaurants de Toulouse et que je voyage en première classe.

J'observe mes coreligionnaires d'un soir : assemblée mixte de cadres moyens et supérieurs, du style banques et cadres commerciaux. Eux par contre sont parfaitement indifférents à mon égard, concentrés dans je ne sais quelle méditation, ils semblent attendre que le gourou et sa copine, une jolie petite brune aux cheveux coiffés en chignon, ouvrent la réunion. J'ai un faible pour le chignon, car il met en valeur la nuque, composante délicate du corps féminin qu'il ne faut jamais négliger car les femmes y voient une marque de tendresse désintéressée qu'elles apprécient énormément. Je commence à m'ennuyer : la musique indienne est originale, mais vite lassante si on n'y est pas habitué, et tant qu'à écouter des morceaux planants, je préférerais du Pink Floyd ; mais je suppose qu'une remarque de ma part serait malvenue, et je prends mon mal en patience. Je regarde mes chaussettes, elles ne sont pas trouées et je m'en félicite, car je n'avais absolument pas prévu que je devrais quitter mes chaussures lors de ce premier contact ; chaque mission apporte son lot d'enseignements.

L'attente silencieuse se prolonge ; je me penche vers ma plus proche voisine et m'informe sur la suite des événements ; elle me répond à voix basse que nous traversons une phase de méditation lévitationnelle, préalable indispensable à l'harmonisation ultérieure du groupe ; j'en prends acte et je me tiens coi.

Enfin, le gourou se décide à entamer la réunion ; nous avons droit à une séance de diapositives, par lesquelles nous obtenons les dernières nouvelles sur l'état de santé et les activités de la grande prêtresse mondiale, un gros boudin enrubanné au sourire niais dont la soixante-treize-millième réincarnation a été un succès ; l'assemblée semble ravie de cette nouvelle prouesse, dont les adeptes attendaient, semble-t-il avec une immense anxiété, le résultat depuis le mois dernier. Je bâille.

Le responsable demande ensuite à un disciple de se lever et de venir raconter son récent voyage : il s'agit de Dimitri, un Russe qui rentre de Moscou ; je tends l'oreille mais je n'apprends rien d'intéressant d'un point de vue professionnel. Dimitri nous dresse un tableau apocalyptique de l'ancienne Union Soviétique et nous vante les vertus des principes de la secte pour une reconstruction sereine de l'Europe de l'Est ; je ne sais pas comment les actuels responsables de la Russie prendraient de tels conseils, je pense qu'ils préféreront certainement les qualités du capitalisme libéral, si tant est que le sieur Dimitri parvienne à exposer ses thèses devant un auditoire moins confidentiel que celui où je suis momentanément plongé. Le gourou renvoie Dimitri à sa place ; personne n'applaudit ni ne réagit, ce qui rend l'ambiance curieuse et finalement désagréable ; cette inertie est pesante et peu sympathique. Ensuite, à l'invitation de leur responsable, les membres de la secte se mettent tous à psalmodier des poèmes chantés sur un ton monocorde ; j'en ai assez vu et assez entendu ; d'un geste de la main, je dis au revoir à la jolie brune au chignon, et je me casse.

SEXE

Une fois dans la rue, je songe à ma découverte de l'univers interne d'une secte et je suis fort déçu. Surtout, je me demande comment trouver le fil pour dérouler l'écheveau, métaphore traditionnelle de l'enquête, qu'elle soit policière ou d'espionnage.

La nuit est tombée. Je me dirige vers ma voiture, avec l'intention d'aller faire un tour place St Georges, l'un des endroits où il est possible de croiser le soir les plus belles femmes de Toulouse, qui y font de chastes et paisibles promenades avant d'aller dormir. Alors que je fouille dans ma poche pour sortir la clef de la portière de mon véhicule, quelqu'un tape sur mon épaule ; je me retourne et j'aperçois un jeune, l'air hagard, qui me demande une pièce d'un franc. Il paraît qu'à New York. il faut toujours disposer sur soi de quelques pièces d'un dollar, car il est préférable de pouvoir répondre à ce genre de demande de drogué itinérant, plutôt que de recevoir un coup de coteau ; mais je vis à Toulouse et je suis flic ; aussi envoyé-je promener le sinistre quêteur. C'est une erreur car au lieu de s'éloigner, il appelle cinq de ses acolytes, que je n'avais pas remarqué, et en moins de temps qu'il n'en faut pour l'écrire, je me retrouve en mauvaise posture, entouré d'une meute vociférante et agressive, dont la consommation non évaluable mais visible d'alcool et de drogue laisse mal augurer de mon avenir ; en outre, le renseignement tel qu'il est pratiqué dans notre pays exclut le port systématique d'arme de poing, et je commence à me faire réellement du souci lorsque celui qui semble être le chef de la bande décide de découper ma cravate avec un cutter de bonne taille, tandis que les autres sbires me maintiennent immobilisé.

Ironie du sort, surgit à l'angle de la rue une voiture de Police : malheureusement, je ne m'étais pas garé sous un lampadaire, et les collègues passent sans même remarquer qu'un membre assez exceptionnel des services de renseignements du Ministère de l'Intérieur ne sera bientôt plus qu'un agréable souvenir pour un certain nombre de personnes parmi lesquelles, et j'en suis fier, beaucoup de jolies jeunes femmes.

En la circonstance, mes états de service sentimentaux ne me sont d'aucune utilité, et après cette brève pensée romantique, je commence plus sérieusement à réfléchir sur la manière de me sortir de ce mauvais pas. Malgré quelques rumeurs persistantes, je ne suis pas un agent de la Division Opérations de la CIA, et je ne dispose pas des multiples petits gadgets très utiles dans ces circonstances ; je n'ai même plus ma carte de Police ; il est vrai que mes agresseurs semblent particulièrement désocialisés et je doute qu'une simple brème, terme d'argot policier qu'ils ne connaissent probablement pas, soit suffisante pour les calmer.

Faute de mieux, je décide de provoquer verbalement le responsable de la bande, qui a terminé la destruction méticuleuse de ma cravate ; comme il est stupide, ce qui était prévisible, il accepte mon offre de duel ; comme il a ingurgité une quantité déraisonnable de produits variés et inconciliables, il présume de ses forces ; et comme je suis moi-même assez gaillard malgré le poids des ans qui compte double dans mon métier, j'ai vite fait de lui éclater le crâne contre le rebord du trottoir, à la suite d'une prise de judo peu orthodoxe mais efficace. Face à cette défaite brutale et inattendue, les congénères du petit voyou qui gît assommé réagissent par une fuite éperdue dans les rues avoisinantes ; le spectacle pitoyable de ces loques à la dérive ne me laisse même pas l'illusion d'une victoire glorieuse ; j'ai plutôt l'impression d'avoir frôlé un accident inutile.

Je ne suis pas du genre à en rester là : je range soigneusement mon adversaire dans un coin puis je prends ma voiture et fonce vers le Commissariat Central. La chance veut que le Gradé de permanence soit l'un de mes amis, qui par conséquent connaît la nature particulière de mes activités. À peine un quart d'heure plus tard, je suis de retour sur les lieux, mais je suis cette fois-ci accompagné d'une trentaine de Gardiens de la Paix motivés, répartis dans plusieurs véhicules ; nous récupérons tout d'abord mon agresseur, toujours plongé dans un sommeil réparateur, puis nous entamons une descente de Police dans le quartier. Notre présence produit un effet certain si l'on en juge d'après le nombre multiple de silhouettes courbées qui s'éloignent précipitamment dès que les éclairs des gyrophares commencent à illuminer une rue où nous surgissons. Mais nous ne sommes pas là pour terroriser les populations nocturnes ; je cherche simplement à retrouver les zouaves qui se sont rendus complices du massacre de ma cravate et de la perturbation de ma promenade dans une rue de Toulouse, délits que je ne saurais admettre,

L'opération de Police est loin d'être négative ; nous parvenons à dénicher trois autres de mes agresseurs. Nous décidons de rentrer au Commissariat Central où nos prises sont placées en garde à vue, chaudement recommandées aux Gardiens de la Paix responsables de la geôle. Il se fait tard ; je décide de remettre les interrogatoires au lendemain et après avoir offert une tournée générale à mes valeureux et efficaces assistants en tenue, je quitte le commissariat.

Je suis têtu, c'est pourquoi je me dirige vers la place St Georges, pour prendre un dernier verre bien mérité. Je pénètre dans le café et je m'approche du comptoir ; j'ai la surprise d'y retrouver ma jolie factrice remplaçante du matin. Elle me reconnaît également et le charmant sourire qu'elle m'adresse me donne une raison supplémentaire de l'aborder. Ma première impression ne se dément pas : cette auxiliaire des Postes est vraiment mignonne, et c'est exactement la compagnie dont j'ai besoin maintenant. Je ne lui parle évidemment pas des diverses gesticulations qui ont animé le début de ma soirée mais comme elle sait, grâce aux courriers qu'elle m'apporte, que je suis détective privé, il m'est facile d'entamer une conversation valorisante et agréable dont le charme opère si bien que je peux très vite et très naturellement l'inviter à boire une dernière coupe de champagne dans mon appartement. La douceur de ma conversation avec la jeune femme, prénommée Catherine, alors que nous nous rendons chez moi, me laisse présager une conclusion parfaite de ma soirée. Je l'installe sur mon canapé. Au moment où je glisse une main agile sous sa jupe plissée, elle a une réaction anormale : elle se raidit, tourne la tête, et me dit :
- Tu devrais renoncer à cette enquête sur les sectes...

∴

IL VAUT MIEUX EN RIRE

Je m'éloigne de ma conquête en poussant un soupir ; s'il y a des circonstances dans lesquelles j'ai horreur d'être dérangé, c'est bien lorsque je suis en train de déshabiller une jeune femme ; en l'occurrence, la réflexion qu'elle vient de prononcer me fait l'effet d'une douche froide. Je ne me laisse pas démonter et je lui demande :
- Comment sais-tu que je m'intéresse à ce phénomène ?

Au lieu de me répondre, Catherine éclate en sanglots, soit deux réactions surprenantes en peu de temps ; je la réconforte, jusqu'à ce qu'elle se décide à me raconter sa triste histoire. Elle était l'année dernière une brillante étudiante comblée tant dans ses études que dans ses amours, puisqu'elle sortait avec un sémillant étudiant en maîtrise ; mais ce dernier, ayant échoué à la surprise générale dans l'obtention d'une Unité de Valeur indispensable pour son cursus universitaire, se mit à déprimer énormément, malgré les efforts méritoires de son amie. Puis, au lieu de se mettre à boire dans les cafés et à sortir avec des filles de mauvaise vie, comme tout un chacun, il eut le malheur de répondre à un questionnaire qu'un quidam distribuait dans la rue ; or ce questionnaire, astucieusement et même vicieusement rédigé, semblait suggérer des réponses aux questions que se posait le jeune étudiant désemparé ; ainsi, de fil en aiguille, il fut récupéré par la secte qui était à l'origine de ce questionnaire. Complètement et facilement manipulé à la suite de son échec, il fut en peu de temps complètement intégré chez ses nouveaux amis, qui prirent en charge sa vie et la modifièrent de fond en comble.

Non seulement il devint adepte, mais fut rapidement promu comme l'un des responsables toulousains de l'organisation et il se mit à son tour à distribuer des questionnaires dans les rues.

Son amie fut évidemment épouvantée ; dans un premier temps, elle essaya par tous les moyens de le récupérer, à l'aide de son amour, ses amis et sa famille ; mais il n'y avait rien à faire ; et Catherine, effondrée, assistait impuissante au délabrement psychique de son copain, qui renonça rapidement à ses études et se mit même à vendre les quelques affaires qu'il possédait, dans un but qu'il ne voulait pas lui avouer. En quatre mois, il lui avait échappé.

N'importe quelle jeune femme, devant une transformation si féroce et rapide, aurait raisonnablement renoncé ; mais Catherine était tenace et encore amoureuse ; elle déclara à son ami qu'elle voulait elle aussi intégrer la secte, ce qui fut bien entendu accepté ; ce qu'elle découvrit l'affola encore davantage : quelques individus cyniques et déséquilibrés manipulaient un groupe de gens à problèmes à l'aide de gadgets ridicules et de dialectiques pernicieuses, redoutablement efficaces dans la déstructuration des esprits. Catherine découvrait tout simplement les sinistres effets de la manipulation mentale à but lucratif, et comprit rapidement qu'il lui serait difficile de récupérer son petit ami, qui d'ailleurs avait déjà trouvé une compagne au sein de la secte.

Au bout de quelques séances, Catherine constata qu'elle-même commençait à ne plus trop savoir où elle en était, malgré la prévention qui était la sienne contre la secte qui avait bouleversé sa vie. Alors qu'elle envisageait de tout abandonner, un responsable de la secte lui proposa de prendre un emploi d'auxiliaire des Postes, ce qui l'étonna ; on lui expliqua ensuite qu'il s'agissait de surveiller par ce biais un ennemi de l'organisation, en l'occurrence ma pomme. Enfin pas plus tard qu'hier, on lui demanda d'entrer en relation avec moi et de me menacer de représailles si je prolongeais mon enquête sur les sectes toulousaines.

Par tempérament et par profession, je ne suis pas très impressionnable ; en outre, ce type de menace représente davantage une pression psychologique qu'un danger réel, et est surtout efficace avec des individus au mental fragile, ce qui est loin d'être mon cas. Par contre, ce qui me déplaît souverainement, c'est qu'une secte puisse si rapidement réagir et surtout, oser tenter une manœuvre d'intimidation contre un détective privé, bénéficiant d'appuis particulièrement solides... Je sais que ce type d'organisations dispose de moyens financiers importants ainsi que d'adeptes fanatiques et paranoïaques qu'il est facile de dresser contre des adversaires diabolisés. Mais je réalise après la confession de la gentille Catherine, que les individus à qui j'ai affaire dans cette enquête n'ont plus toute leur tête, du moins qu'ils n'ont plus conscience de la réalité des rapports de force dans notre Société ; leur volonté de pouvoir est telle qu'ils n'hésitent pas à s'attaquer à plus fort qu'eux sur des bases qui ne sont vraiment pas à leur avantage.

D'entrée de jeu, les gourous du cru ont commis une maladresse ; de la curiosité, je vais passer à l'animosité et je ne suis pas quelqu'un de facile à démonter ; sinon, je ne serais pas agent secret. Plus largement, il vaut mieux être mon ami que mon adversaire ; un reste d'atavisme corse, sans doute.

En attendant, j'ai la jolie Catherine sur mon canapé. Elle ne pleure plus, son monologue lui a fait du bien et j'ai même l'impression qu'elle veut se sortir de cette pénible affaire le plus vite possible. Je lui conseille d'aller poursuivre ses études à Bordeaux et de revenir à Toulouse lorsqu'elle sera mariée avec un rugbyman ; mes propositions semblent trouver un écho favorable et la réconforter énormément ; bien plus, la tendresse accueillante de ses lèvres lorsque je l'embrasse me fait penser que cette jeune femme va maintenant beaucoup mieux.

∴

LES FEMMES DANS LA POLICE

Toulouse, Florence du Languedoc ; cette comparaison classique me revient à l'esprit lorsque je me lève et que je regarde par ma fenêtre la ville qui s'éveille ; il est difficile de ne pas tomber amoureux de Toulouse, il faut vraiment faire preuve de mauvaise volonté pour ne pas succomber au charme et à l'énergie de la ville rose. Si j'étais poète et non pas flic, je passerais mes journées à me promener dans les rues, à la recherche de rimes ensoleillées...

Pour l'heure, ce ne sont pas des poèmes qui m'attendent mais la rédaction des procès-verbaux d'audition des agresseurs de la veille. Je me rends au Commissariat Central, où j'entre en contact avec Jérôme, l'Inspecteur de la Police Judiciaire recommandé par le collègue de la Direction Centrale des RG. Aussitôt, Jérôme se charge des interrogatoires, ce qui n'est pas une tâche facile : non seulement l'équipe de bras cassés qui a endommagé ma cravate a passé une fort mauvaise nuit, mais elle est composée de branquignols au quotient intellectuel faible et ravagé par un mode de vie marginal. Le spectacle est désolant et stérile, les réponses aux questions de Jérôme s'apparentent plus à des onomatopées qu'à une discussion cohérente, et je commence à trouver que nous perdons notre temps ; de toute façon, je n'ai pas l'intention de porter plainte, considérant que cette agression fait partie des risques du métier ; je souhaite tout au plus que cette bande d'abrutis violents quitte la ville et cesse de perturber les promenades nocturnes des Toulousains. Un Policier de renseignements se lasse vite des gens qui ne sont pas bavards et trouvera beaucoup plus d'intérêt à fréquenter les gens loquaces ; Jérôme, par contre, est beaucoup plus têtu ; en bon procédurier de Police Judiciaire, il ne se laisse pas décourager par les borborygmes des zouaves qu'il auditionne depuis le début de la matinée.

Je quitte Jérôme, en train de répéter les mêmes questions au même interlocuteur obtus et je me rends au foyer du Commissariat pour boire un café ; j'aime ce bar où la flicaille toulousaine, tous grades confondus, se retrouve pour se détendre quelques instants et échanger les dernières nouvelles, dont la somme constitue la vie de famille de la Police locale. Je trouve aujourd'hui un groupe de Gardiens de la Paix joyeux, qui entourent, ce qui semble visiblement les enchanter, leur nouvelle recrue, une jeune et jolie Gardienne de la Paix qui sort tout juste de l'École de Police ; même si on ne peut parler d'un féminisme excessif de notre Administration, il est un fait que la nomination de femmes dans les différents Services a représenté un progrès agréable et positif.

L'arrivée de Jérôme dans le bar interrompt mes réflexions sur la féminisation de la Police ; il me demande de venir car il a semble-t-il appris quelque chose de nouveau. Je le rejoins, et il me fait lire un procès-verbal instructif : l'agression dont j'ai été victime n'est pas due au hasard ; craquant sous la redoutable pression de mon collègue, l'un de nos clients a fini par s'allonger et par avouer qu'ils avaient reçu une somme d'argent dans le but de me faire la peau ; ils ne savaient pas que j'étais flic sinon ils n'auraient pas accepté ce contrat ; mais comme leur mode de vie et leur alimentation aux relents chimiques leur coûtent beaucoup d'argent, ils n'ont pas hésité. Un dernier point :

ils ne connaissent pas l'homme qui les a chargés de cette exécution, et seraient incapables de le retrouver ; seul indice, il avait un fort accent russe.

Je félicite Jérôme pour le résultat de son interrogatoire et je commence vraiment à apprécier les appuis que m'offre le Service Central des RG. Je n'ai certes pas trouvé la clef de l'énigme, mais au moins je suis bien averti que mon enquête a débuté et qu'elle dérange là où c'est nécessaire ; je suis juste un peu déçu par le mode opératoire minable de cet avertissement ; le KGB m'avait habitué à mieux. Le milieu du renseignement ne rassemble pas des enfants de chœur, c'est le moins que l'on puisse dire ; mais il existe normalement un respect de l'adversaire, une sorte de solidarité professionnelle internationale, qui exclut ce type de procédés. De deux choses l'une : ou la réorganisation du KGB a engendré une modification des règles du jeu qu'il va falloir intégrer au plus vite, pour y répondre de manière adéquate, ou la nouvelle mission que Nelly m'a confiée est particulièrement bien ciblée et touche un objectif sensible. Quoi qu'il en soit, je suis maintenant prévenu : on ne me fera pas de cadeau ; par conséquent, je n'en ferai pas non plus.

Je vois passer dans la cour la jolie Gardienne de la Paix, ce qui me fait regretter un instant de ne pas être un Commandant de Police Urbaine ; mais ce n'est pas le moment de songer à une réorientation professionnelle : j'ai rendez-vous avec le responsable régional de la secte Boudoune.

∴

ANTICOMMUNISME

En effet, j'ai demandé à rencontrer l'animateur toulousain de la secte Boudoune ; ne sachant pas trop comment aborder cette enquête aux aspects irrationnels, j'ai décidé de m'en tenir pour l'instant à des prises de contact traditionnelles avec les sectes connues du grand public, quitte à affiner ensuite mes investigations.

Je trouve une place devant l'immeuble où je suis attendu ; il s'agit d'une construction bourgeoise, voire luxueuse, en plein cœur de Toulouse. L'appartement où une jeune asiatique silencieuse me fait entrer est du même acabit ; visiblement, cette organisation ne manque pas de fonds. Je pénètre enfin dans un vaste bureau au mobilier somptueux ; un individu bedonnant de type asiate m'invite à m'asseoir dans un fauteuil confortable en cuir et me dévisage quelques instants avant de commencer à parler :
- Monsieur John, me dit l'Asiatique, nous avons pour but l'éradication totale du communisme, idéologie particulièrement malfaisante qui a plongé dans le malheur le plus noir des millions et des millions d'êtres humains sur cette planète. Notre combat est loin d'être terminé, mais nous avons déjà obtenu de grandes victoires.
- Certes, certes. J'ai cependant trois remarques à vous faire...
- Je vous écoute, Monsieur John.
- Vos liens avec l'extrême-droite française ?
- Ce sont des pantins nationalistes étriqués que nous manipulons ; notre stratégie est mondiale.
- Le caractère pseudo-religieux, sectaire de votre organisation ?

- Notre adversaire est coriace et exige de notre part une discipline de fer.
- Votre erreur d'appréciation historique concernant l'évolution de l'ex-URSS et le rôle de Mikhaïl Gorbatchev ?
- Nous ne nous sommes pas trompés ; il s'agissait d'un communiste, donc d'un ennemi irréductible.
- Vous êtes nul ; en êtes-vous conscient ?
- Vous aussi, vous êtes nul, Monsieur John. Vous vous trompez d'adversaire ; du moins, nous sommes des alliés objectifs.
- C'est-à-dire ?
- Vous êtes un agent de la Direction de la Surveillance du Territoire, la DST française, et vous êtes favorablement connu à la CIA, au MI 6 et même au Mossad, qui est pourtant très, très sévère. Vous avez un bon profil pour notre organisation, Monsieur John.
- Vous dites n'importe quoi. Vous faites du bluff. Vous avez reçu une bonne formation de manipulateur.
- Je comprends votre réaction d'hostilité Monsieur John. Je suis moi-même un homme capable de tolérance, au sens où vous l'entendez en Europe. Vous m'êtes très sympathique, Monsieur John, et je vais vous le prouver tout de suite.

Le responsable régional de la secte Boudoune me trouve très sympathique ! Cette enquête sur les sectes commence à me taper sur le système. Mouvement élitiste, stupidement manichéen, véritablement dangereux pour nos démocraties politiques, avec un affairisme prétendu d'inspiration divine... À part le fait d'avoir lutté contre les excès du communisme international, je ne vois aucun point commun entre ce charlatan illuminé et ma mission quotidienne. Je m'attends à entendre le pire.

L'Asiatique ouvre un coffret en acajou avec une clef dorée et saisit délicatement à l'intérieur un vidéodisque qu'il enclenche sur le dernier modèle d'un lecteur Sony, posé sur une table en marbre blanc. Tout en manipulant son appareil, il me dit :
- Monsieur John, vos méthodes cartésiennes d'investigation sont très amusantes d'un point de vue ethnologique, mais ne sont guère adaptées à la guerre planétaire qui est en train de se jouer. Vous voyez actuellement défiler sur cet écran le plan des circuits électroniques internes du RITA, ce qui n'est pas normal,
- Là, je ne peux que vous donner raison.
- Je vous offre ce disque, Monsieur John. Je n'en ai pas de double, j'espère que vous apprécierez mon geste. Mais je vais faire mieux. Je vais vous donner plus qu'un indice, une piste. La piste que vous cherchez désespérément, semant par la même occasion le trouble dans les sectes toulousaines.
- C'est-à-dire ?
- Aucune importance, vous créez malgré vous une saine émulation. Revenons à Rita. Devant un problème apparemment insoluble, il faut retrouver les données fondamentales, Monsieur John. Relisez vos classiques. Quel est l'adversaire traditionnel des services de renseignement occidentaux ? Répondez sans tenir compte de mes petits démons intérieurs.
- Le KGB.
- Félicitations, Monsieur John. Vous n'êtes pas membre de notre organisation, je ne vous aiderai pas davantage, Au revoir, Monsieur John.

MÉDECINE

À part le fait d'avoir récupéré une disquette comportant les plans du système RITA avec une facilité déconcertante, ce qui enlève bien du mérite aux techniques du KGB, je dois reconnaître que cet entretien avec le responsable de la secte Boudoune ne m'a pas fait beaucoup avancer. Je m'attable dans un restaurant, pour un rapide déjeuner, puis je rentre à l'agence, bien décidé à mettre sur pied un plan de bataille.

En ouvrant la porte, j'ai la désagréable surprise de trouver mon cabinet sens dessus dessous ; pendant mon absence, d'aimables plaisantins se sont permis de fouiller dans mes affaires et de semer le désordre dans mon lieu de travail ; sur mon bureau est posée une feuille, imprimée à l'ordinateur, où je puis lire : "malheur à celui qui dérange". Je suis vraiment en butte à des primaires qui ont lu trop de bandes dessinées de mauvaise qualité. Je vérifie le coffre-fort ; les visiteurs indélicats n'ont pas réussi à l'ouvrir, l'essentiel est donc préservé.

Reste la possibilité que mon bureau soit désormais sonorisé, phénomène routinier dans mon métier, mais qui ne facilite pas le travail quotidien.

Je commence à ranger ; soudain, je suis pris de vertiges, ainsi que d'une violente douleur a l'estomac ; or, je suis d'une santé de fer, et mon bilan fait chaque année l'objet de commentaires élogieux de la part du toubib de la Police.

J'ai la chance d'avoir pour meilleur ami à Toulouse un Médecin dont le numéro est programmé dans mon téléphone ; je l'appelle aussitôt, il décroche :

- Bonjour, Docteur !
- Salut vieille branche ! J'allais t'appeler pour t'inviter à la maison. Je suis rentré hier des États-Unis ; il faut absolument que je te raconte mon voyage. D'un point de vue social, ils sont en pleine régression, ils veulent supprimer la liberté de l'avortement, rétablir la peine de mort, rendre obligatoire le salut au drapeau dans les écoles et remplacer les préservatifs antisida par des prières ; à part ça, c'est toujours un pays formidable qui a vingt ans d'avance sur nous, je crois que je vais tout plaquer et aller m'installer là-bas. Tu viens avec moi ? L'Amérique reste le pays des rêves ; en un an, nous faisons fortune et...
- Excuse-moi de t'interrompre dans ces projets alléchants, mais j'ai besoin de toi. Vite.
- Que se passe-t-il ?
- Je ne me sens pas bien du tout. Un gros malaise et ce n'est pas normal.
- J'arrive.

Une heure après, tout va mieux ; je suis étendu sur le lit d'une chambre d'hôpital, me remettant d'une tentative d'empoisonnement ; d'après le résultat des examens médicaux, j'ai eu un bon réflexe et je l'ai échappé belle. Je trouve que beaucoup de gens en veulent à ma santé depuis quelque temps et cela commence à m'agacer prodigieusement ; j'ai connu bien des rumbas dans ma carrière, m'étant frotté aux réseaux fascistes rassis comme aux brigades internationales maoïstes, en passant par les terroristes palestiniens ou kurdes ; mais je suis obligé d'admettre que j'ai collectionné en quelques jours un nombre anormal de mésaventures, et je vais devoir m'adapter. À vrai dire, j'ai presque du mal à imaginer que je suis encore à Toulouse, ville connue ordinairement pour sa douceur de vivre.

Mon ami Médecin entre dans la chambre et s'enquiert de mon état ; je vais bien maintenant, et je le remercie chaleureusement de son intervention salvatrice. Il jette un dernier coup d'œil sur mes analyses et me déclare :
- Un individu normal devrait rester en observation quelques jours ; mais je connais ta robuste constitution...

Il rédige une ordonnance, qu'il me tend.

- J'ai inscrit sur ce papier l'adresse d'un restaurant que je viens de découvrir, tu y trouveras de quoi remplir ton estomac, avec des produits moins toxiques que ce que tu viens d'ingurgiter.
- Merci, doc.
- De rien ! Sois prudent. À bientôt ; passe à la maison, que je puisse enfin te raconter mon séjour aux États-Unis.

Je me lève et je sors dans le corridor, où trottine une escouade de jolies infirmières, puis je me retrouve dans la rue, bien décidé à demander des comptes. Je choisis de me rendre immédiatement dans le restaurant où j'ai déjeuné, car je soupçonne fortement le cuisinier d'avoir une lourde responsabilité dans mon malaise gastrique. Impression confirmée par la tête effrayée du restaurateur lorsqu'il me voit apparaître dans son établissement : il est vrai que je n'ai pas l'air du tout gentil. Je lui dis :
- Je crois que vous avez quelques explications à me donner... Je n'ai pas digéré votre repas.

J'accompagne cette réflexion d'une bousculade qui l'envoie promener à dix mètres ; il s'affale sur une table et tombe sur le sol dans un grand fracas de chaises et de vaisselle brisée. Et comme je n'ai absolument pas apprécié la lâcheté de sa tentative d'empoisonnement, je le reprends par le col et lui administre une solide correction qui a le double avantage de me défouler et de préparer dans d'excellentes conditions notre conversation ultérieure.

Lorsque j'estime avoir suffisamment cogné, j'installe mon interlocuteur sur le comptoir de son bar et je le laisse reprendre ses esprits ; il a vraiment mauvaise mine et je pense que nous allons avoir une discussion passionnante. Quand je constate qu'il me regarde d'un air un tout petit peu moins craintif, je me mets à l'interroger.

J'apprends ainsi que j'ai été victime d'une tentative de meurtre commandité par une secte humanitaire à vocation religieuse, où il est professé que le bonheur de l'humanité passe par la suppression de toutes les souffrances matérielles, physiques, psychiques, morales et spirituelles - grandiose révélation - et ce grâce aux pouvoirs divins de la grande prêtresse ; cette dernière a notamment persuadé ses adeptes qu'elle possède des pouvoirs médicaux extraordinaires, qui rendent obsolètes les recherches de la médecine contemporaine ; bref, la grande prêtresse peut tout arranger sur la planète à condition que ses disciples paient des cotisations, récitent leurs prières et, accessoirement, m'assassinent.

Face à tant de crédulité et de bêtise, je renonce à discuter avec le pauvre restaurateur lui s'est cru investi d'une mission sacrée ; je me contente de lui réclamer le chèque avec lequel je lui avais payé mon repas ; je veux bien assumer mes risques professionnels, mais pas à n'importe quel prix.

BLACK AND WHITE

Je me suis remis de mes péripéties culinaires, et je me sens bien. Je termine le rangement de l'agence, puis je m'installe confortablement, les pieds sur mon bureau ; tout va pour le mieux, la radio passe le dernier morceau d'Elton John et je lis dans le journal un excellent reportage sur le voyage courageux du Président de la République en Bosnie-Herzégovine. Puis un sursaut de conscience professionnelle me fait reprendre la documentation de la Direction Centrale des RG et je m'intéresse à la notice sur Amaterasu, une secte politico-religieuse japonaise dont la presse avait évoqué quelques mois plus tôt les déboires immobiliers.

Ce que je peux lire sur Amaterasu n'est pas rassurant : c'est une secte puissante et riche qui, sous couvert de bouddhisme laïc, endoctrine ses adeptes jusqu'au fanatisme, grâce à une interprétation nationaliste et intolérante de cette religion ; d'un point de vue idéologique et économique, ses adeptes semblent servir les intérêts du Japon, ce qui m'éloigne de ma propre enquête ; pourtant, leur intérêt suspect pour les chercheurs atomistes français me donne une bonne illustration des arrière-pensées des sectes dans le domaine de l'espionnage... Sinon, on peut constater, comme pour la plupart de ces organisations, des violences psychiques et un conditionnement psychologique des victimes prises dans l'engrenage, qui le plus souvent rompent radicalement leurs liens familiaux et amicaux antérieurs. Je m'interroge sur les raisons qui peuvent amener des personnes à se laisser embrigader si facilement ; car même si les méthodes sectaires sont rodées, il est un fait indéniable que la majorité de ces organisations est dangereuse pour la liberté de l'individu, et que la fallacieuse convivialité qu'y recherchent les adeptes, à défaut de la trouver dans la société, ne saurait compenser la perte de libre arbitre qui est systématiquement constatée. N'étant pas un homme politique, je renonce à chercher les remèdes contre la montée de l'individualisme, qui est certainement l'une des causes de ce phénomène sectaire, au même titre que la violence dans les banlieues ou la poussée de l'extrémisme idéologique ; je préfère me remettre des émotions de mon début d'enquête en m'organisant une virée nocturne.

Après un excellent dîner dans un restaurant tenu par un ami, ce qui m'ôte le souci d'une intoxication téléguidée, je choisis pour me dépayser de me rendre dans une boîte de nuit africaine, où je suis certain de trouver une ambiance sympathique. Je ne suis pas déçu ce soir-là, car l'établissement est envahi par un groupe de vacanciers russes, qui découvrent avec une délectation visible les charmes des nuits afro-toulousaines.

Entre deux salsas et une polka, je me heurte à une ravissante beauté noire, que j'invite à prendre un verre. Elle se prénomme Anne ; d'origine africaine comme la couleur de sa peau le laisse supposer, elle est étudiante à Toulouse depuis plusieurs années, et s'en porte fort bien. Elle ressemble à Barbara Hendricks, mais je n'ose pas pour autant lui demander de me chanter une mélodie de Mozart ; je tombe sous le charme, et nous sympathisons si bien qu'elle m'invite à prendre un dernier verre chez elle.

- Je te préviens, me dit-elle, j'habite dans le quartier le plus lamentable du Mirail ou réputé tel.
- Tu n'aimes pas le centre-ville ?
- Si, bien sûr. Mais même si moi, j'en ai les moyens, je ne vois pas pourquoi j'abandonnerais mes frères blacks dans leur misère.

Pour terminer ma journée, il ne me manquait plus que de rencontrer une Panthère Noire... Son discours revendicatif a au moins l'avantage de me changer des préceptes frigorifiques édictés par les sectes. Nous prenons ma voiture et nous nous dirigeons vers le Mirail, dont je puis dire, pour avoir traîné de nombreuses fois mes chaussures de flic, que sa mauvaise réputation est exagérée. Certes, le décor urbain vieillissant n'est pas une réussite, et l'on y voit une concentration de boubous et de djellabas inconnue sur la place Wilson ; à Toulouse comme ailleurs, la population a été mal répartie, et même si l'arrivée du métro promet un brassage plus harmonieux des habitants de la ville, il est incontestable que l'on découvre un autre univers en arrivant dans ce quartier. Peut-être aura-t-on un jour le courage de ne plus accepter ce type d'habitat déshumanisé et dépassé ; il est vrai aussi que Toulouse n'est pas la ville la plus mal lotie, loin de là, dans ce domaine.

La compagnie de la jolie Anne est en tout cas suffisante pour me faire oublier les lacunes du paysage et je suis plus attentif à la splendeur de ses jambes qu'à la tristesse des couleurs de l'immeuble. Une heure après, la lueur malicieuse de ses yeux lorsque je pose mes mains sur son corps splendide m'entraîne à mille lieues des mesquineries des sectes toulousaines.

ARCHEVÊQUE

Je suis mal réveillé et je me sers un café ; il faut que j'envisage un jour de mettre moins de sucre dans ma tasse. Je bois le café " à l'américaine ", soit des grandes quantités de café pas trop fort. Je suis en train de touiller mon breuvage à la caféine lorsque l'on sonne à la porte du cabinet : c'est l'Inspecteur des RG. Je lui propose de se joindre à mes modestes agapes matinales.
- Volontiers, me dit-il. Mais nous n'avons pas de temps à perdre, j'ai pris ce matin un rendez-vous très important pour notre enquête.
- Ah bon ; et avec qui ?
- L'archevêque de Toulouse.

Du coup, j'en arrête de boire et je regarde mon collègue d'un air peu amène.
- Tu ne voudrais pas non plus que nous assistions aux vêpres du matin ? Tu es fou ?
- Tu n'es pas d'accord ?
- Je ne vois vraiment pas l'utilité de rencontrer le chef des Catholiques de la région dans le cadre de nos investigations sur les sectes ; tu cherches à créer un incident diplomatique entre ta Direction et le Vatican ?
- Laisse-moi me justifier. Par l'intermédiaire de mon travail sur les cultes, j'ai mes entrées à l'archevêché, comme d'ailleurs dans les temples protestants, les synagogues ou les mosquées ; et je sais que ces vieilles religions sont préoccupées par le phénomène sectaire, qui d'une certaine manière les concurrence. Peut-être aurons-nous quelques tuyaux à gratter.
- Des tuyaux chez un archevêque ? !

- À Toulouse, c'est un personnage important. N'as-tu jamais entendu parler du cardinal Saliège, archevêque de Toulouse pendant la seconde guerre mondiale, qui protégea la communauté juive des exactions nazies ? Il rédigea et fit lire dans toutes les paroisses de sa juridiction une protestation solennelle contre les persécutions dont les Juifs étaient victimes, et par cet acte courageux fut surnommé « évêque de la Résistance » ; à l'époque, en 1942, ce type de comportement était rarissime, et a laissé des traces.
- Soit. Mais tu confonds bravoure historique et mission de renseignement ; je veux bien aller voir le successeur de Monseigneur Saliège, essentiellement par curiosité d'ailleurs, car je ne crois pas que cet entretien nous apportera quelque chose d'opérationnel.

Nous nous garons près de la Préfecture, puis rejoignons à pied l'entrée de l'Archevêché ; nous sommes aimablement reçus, et conduits jusqu'à notre interlocuteur ; après avoir emprunté un méandre de couloirs étroits et sombres. L'archevêque est assis derrière son bureau, et se lève pour nous saluer ; c'est la première fois que j'en vois un de près, il ressemble à un curé qui a réussi. Je me mets en retrait et je laisse mon collègue des RG entamer l'entretien :

- Monseigneur, je vous remercie de nous recevoir dans le cadre de cette enquête confidentielle sur les sectes. Je sais que ce sujet vous préoccupe également, car un certain nombre de vos ouailles sont victimes de ces organisations malfaisantes.
- Un nombre fort relatif Monsieur l'Inspecteur.

- Certes, Monseigneur. Mais le Ministère de l'Intérieur, qui a également en charge les cultes depuis la Loi de séparation des Églises et de l'État, ne saurait rester indifférent à ce phénomène, qui trouble une partie de l'opinion publique. J'ai donc pensé à m'adresser à vous, car nous avons entamé un recensement des sectes qui se déploient dans la région Midi-Pyrénées, et vos services peuvent sans doute nous être utiles dans ce travail.
- C'est exact, monsieur l'Inspecteur. Je suis disposé à vous aider ; voici les coordonnées d'un prêtre du diocèse, chargé spécialement de ce problème. Il vous attend et fera tout ce qui est en son pouvoir pour vous assister.

Soudain l'archevêque m'adresse la parole :
- Et vous Monsieur ! vous êtes un collègue de l'Inspecteur ?
- En quelque sorte, Monsieur.
- J'ai entendu parler de vous et de vos activités. Vous êtes Monsieur John, n'est-ce pas ?
- Je vois que vous disposez de bons réseaux de renseignements.
- C'est une façon de voir les choses. Je suis enchanté de faire votre connaissance.

- C'est réciproque. Et je vous avoue que je n'aurais jamais imaginé vous rencontrer, surtout au cours d'une enquête professionnelle.
- Oui, oui, je sais que vous ne fréquentez guère mon église. Mais, vous savez, au niveau hiérarchique où je suis maintenant, on apprend à relativiser les choses et les hommes.
- Je n'en doute pas monsieur. Il y a cependant une différence entre vous et moi : je suis convaincu

philosophiquement, que Dieu est mort, ce qui n'est certainement pas votre cas.
- Ah, la philosophie...

L'archevêque tourne son regard vers la fenêtre et reste quelques secondes silencieux, à contempler le jardin ; puis il reprend :
- Oui, Nietzsche a annoncé la mort de Dieu et malgré tous nos efforts pour censurer ce message, nous devons reconnaître qu'il avait vu juste. Je gère aujourd'hui des populations individualistes et matérialistes, dont je tente d'endiguer le fanatisme. Ma tâche n'est pas facile, et à la différence d'un petit curé de paroisse, je me pose bien des questions sur la finalité de notre entreprise.
- Je crains monsieur, de ne pouvoir vous donner de réponse.
- Puis-je vous demander le titre du dernier ouvrage que vous avez lu ? Votre vivacité intellectuelle m'intéresse.
- Les mémoires de guerre du Général De Gaulle ; et vous ?
- Je suis en train de terminer une biographie de Michel Foucault, c'est un personnage tout à fait passionnant, même si je ne peux envisager l'étude de ses œuvres dans les leçons de catéchisme.
- Étonnant. En raison de sa démarche philosophique, j'imaginais que Michel Foucault n'était pas en odeur de sainteté.
- C'est le moins que l'on puisse dire ; je vous fais là une confidence, qui restera de vous à moi. Mais quand vous voyez la nullité des écrivains chrétiens... La rhétorique catholique dans une perspective créatrice est d'une pauvreté affligeante, et il faut bien me distraire un peu. Bien, je ne veux pas vous retarder davantage ; nous aurons

certainement l'occasion de reparler de tout cela, mais je sais que vous êtes lancés dans une enquête.

Nous nous retrouvons dans la rue. L'inspecteur des RG me jette un drôle de coup d'œil et me dit :
- Je trouve que tu connais beaucoup de monde à Toulouse...

Trop content de pouvoir frimer, je lui réponds :
- Pas seulement à Toulouse, mon cher et jeune collègue. Bon, poursuivons nos investigations.

∴

LE MOYEN ÂGE

« Se déguiser en artichaut à la devanture d'un marchand de primeurs, et faire des croche-pieds aux passants. » (Woody Allen, « Dieu, Shakespeare et Moi »). Si tels pouvaient être les préceptes des sectes, nous n'aurions pas trop de soucis nous faire. Malheureusement le phénomène semble beaucoup moins drôle que les films et les livres de Woody Allen ; non contentes de briser l'existence de leurs adeptes, certaines sectes n'hésitent pas à faire preuve de méthodes inquisitoriales envers leurs cibles, recrutements potentiels ou adversaires, et à employer des moyens illégaux comme la menace et la diffamation ; cette enquête originale a au moins le mérite de me faire découvrir un univers peu reluisant, et incompatible avec l'idée que nous nous faisons des droits de l'Homme en France ; des sectes comme la contre - reforme catholique n'hésitent pas à endoctriner des enfants de sept ans ! Il y a tout de même de quoi se poser quelques questions... Justement, je découvre dans le journal un article sur le « retour du Paganisme », instructive enquête journalistique sur la réapparition multiforme de l'idée de Dieu, ce qui n'est pas un signe de progrès pour notre Société ; entre les sectes ésotériques aux prestations tarifées et les curés anti-laïques qui dénoncent par calcul une régression de la culture religieuse, la marge de manœuvre athée ou agnostique devient étroite ; faudra-t-il un jour vivre sous l'alternative rigide de la Bible et du cristal ? J'éclate de rire en imaginant le nouveau Moyen Âge spirituel qui nous attend ; nos descendants découvriront stupéfaits dans des journaux jaunis et des vieux livres combien nous étions heureux et libres ; courbés sous le joug des nouveaux prêtres, ils enfermeront dans la même réprobation notre mode de vie et l'épicurisme rabelaisien. Au secours, Pantagruel !

Le hasard fait bien les choses, on sonne à l'interphone ; si mon carnet de rendez-vous est fiable et n'est pas victime d'un envoûtement, je vais voir débarquer dans mon bureau le curé anti-gourous recommandé par l'archevêque.

∴

FORNICATION CATHOLIQUE

<u>Chafouin</u> : Dialecte du centre de la France ; de *chat* et *fouin*, masculin de fouine. Maigre, petit, à l'aspect sournois et rusé.

Cette définition du dictionnaire me revient à l'esprit lorsque je vois arriver devant moi ce minuscule personnage dont la veste terne porte à son revers ce qui pourrait ressembler à première vue à un pin's (dite épinglette en langue française), mais en réalité n'est autre qu'un classique bibelot religieux, porté par de très nombreux catholiques. Mais j'ai bien à l'esprit que je me trouve en présence d'un " Ministre du culte" dans l'exercice de ses fonctions ; de toute façon l'antipathie est visiblement réciproque ; nous savons tous deux à quoi nous en tenir. Je ne sais plus combien il y a de rues à Toulouse, je crois qu'il en existe un certain nombre, et nous aurions pu vivre longtemps sans nous rencontrer.

Le monde du renseignement, de l'espionnage, univers où l'on rencontre autant de seigneurs que de minables, a du moins l'intérêt de permettre des rencontres originales ; et la probabilité de voir des personnages extraordinaires, au sens étymologique du terme, est beaucoup plus forte pour un agent secret que disons, pour un employé de la G.M.F. ; mais partant du principe qu'il n'y a pas de sots métiers, il m'est aussi arrivé d'avoir de passionnantes conversations avec des employés de la G.M.F., excellente compagnie d'assurances où la nécessité du profit financier n'a pas encore balayé l'humain badinage avec le sociétaire. Clôturons la digression et revenons à nos moutons, ou plutôt à notre berger jésuitique. J'observe le monstre ecclésiastique qui me fait face, et je me demande comment terrasser l'animal ; celui-ci, très méfiant, je dirais même prévenu et remonté, semble plus obnubilé par ma présence que par ce que j'ai à lui dire ; et je reconnais là le triste et classique signe de l'intolérance, alors que moi, j'ai fait l'effort de le recevoir.

Je choisis la grandiloquence, évoque en quelques mots bien pesés l'horrible perspective d'une conversion rapide des Chrétiens des campagnes avoisinantes en de multiples et barbares hordes d'Hallucinés de Javeh hallucinés. Entendons-nous bien : je respecte profondément les Hallucinés de Javeh, par exemple j'ai toujours pensé que mon boulanger en faisait partie, et je m'entends très bien avec lui. Certes, leur catastrophisme primaire est parfois un peu déprimant, car systématiquement erroné, et je les trouve un peu timorés sur l'importante question de la contraception, surtout en ces années Sida qui ont fait tant de victimes. Et leur élitisme apocalyptique est franchement déplaisant.

Mais mon interlocuteur semble plus sensible au quantitatif, son regard et son esprit vacillent à l'idée de voir ses ouailles, déjà bien diminuées depuis quelques années (1215, précisément), passer en masse dans les griffes acérées des Hallucinés de Javeh. Il commence par me dire :
- Vous savez que de nombreuses organisations conspirent contre l'église...
- Oh là là, oui. Et très souvent pour de bonnes raisons.

- Bon, bon... Vous m'avez demandé de venir vous parler des Hallucinés de Javeh. Ils nous posent effectivement un gros problème.
- C'est-à-dire ?
- Ils seront bientôt plus nombreux que nous.
- C'est effrayant.
- Ne vous moquez pas. Nous, au moins nous acceptons les transfusions sanguines, et nous n'avons rien contre le service militaire.
- C'est pour cette raison qu'il arrive à vos services de travailler avec ceux de l'Armée ?
- Je ne comprends pas...
- Bien sûr...
- Ah, vous faites allusion à l'opération Pax !
- Je ne m'en souviens plus très bien. Rappelez-moi tout cela.
- Un accord confidentiel entre les services secrets du Vatican et le SDECE a permis de diffuser pendant des années une abondante littérature religieuse dans les pays de l'Est, et cette opération a certainement accéléré la chute du communisme.
- Vous croyez vraiment ?
- J'en suis certain.
- Mais les Hallucinés de Javeh font exactement la même chose...

Ma judicieuse remarque ne le fait pas rire. L'Église catholique, formidable réussite sectaire depuis près de deux mille ans, a su se ménager un pouvoir considérable sur l'État, l'école, les médias, etc. ; sait-on que dans le département du Haut-Rhin, "diocèse concordataire", le clergé est rétribué par le Ministère de l'Intérieur ? Bref, l'éventualité de voir un jour des fonctionnaires Hallucinés de Javeh semble visiblement crisper mon interlocuteur. Je décide qu'il est temps de lui demander s'il possède un dossier sur cette association, reconnue comme un culte par le Conseil d'État, et je ne suis pas surpris de le voir me présenter aussitôt un classeur.

Si je n'y prends pas garde, il va sortir de mon bureau en me donnant sa bénédiction, après m'avoir remis un dossier sur une secte rivale.

Je suis soulagé de le voir quitter mon bureau ; ces gens me mettent vraiment mal à l'aise et chaque fois que je dois en rencontrer un, je suis empli d'une grande circonspection. Depuis quelques années, hélas, l'église tente de réinvestir lourdement le débat sociétal et l'on aperçoit désormais la soutane chaque fois que l'on parle de sexe, de publicité ou de politique. Nos chers curés s'attribuent allégrement la chute du communisme en Europe de l'Est, et aujourd'hui le libre penseur se surprend à hésiter lorsqu'il veut parler de laïcité, ce qui est tout de même un comble dans notre République.

Je feuillette le dossier du curé, suis surpris par la qualité de leur travail policier et je retiens les emplacements où les Hallucinés de Javeh se retrouvent avant d'aller vendre leurs publications. Je décide de m'y rendre et de me mêler à l'une de leurs équipes.

∴

Le lendemain, après quelques profondes réflexions sur la manière dont s'habille un démarcheur des Hallucinés de Javeh, j'opte pour une tenue passe-partout et déboule place du Capitole. Je vois arriver un autobus, dont descendent une cinquantaine de personnes apparemment inoffensives. L'organisation ne semble pas leur fort, la distribution du jour se prépare dans la pagaïe, et je n'ai aucune difficulté à m'intégrer au groupe. Le démarchage se fait par équipe de deux ; je repère une jolie brune aux seins ronds et à la croupe callipyge, je m'approche d'elle et le plus simplement du monde, nous nous retrouvons chargés d'aller porter la bonne parole et de récupérer le maximum d'argent dans le secteur centre - ouest de Toulouse.

Une heure après, j'ai mesuré la tristesse de la vie d'un Témoin de Jéhovah. Effectuer du porte-à-porte est en soi une activité peu gratifiante, le faire dans un but pseudo-religieux pour le bien-être financier d'une secte est carrément débile. Ma coéquipière remarque assez vite mon manque d'enthousiasme et commence à me poser des questions doctrinales ; j'ai heureusement en mémoire la documentation de la Direction Centrale des RG, et je m'en sors ; elle en arrive ensuite à des questions plus personnelles concernant mon engagement dans la secte. À ce petit jeu-là, je ne vais tenir longtemps et je décide de renverser les rôles. À ma manière.

Trois heures après, j'ai la situation en main. C'est-à-dire que nous avons agréablement fait l'amour dans la chambre douillette d'un hôtel tranquille, et que j'en sais beaucoup plus sur elle. Le hasard fait bien les choses : ma jolie Hallucinée de Javeh est en réalité une nonne, envoyée en mission par l'archevêché. Cela fait plusieurs mois qu'elle vit parmi les Hallucinés de Javeh, où la vie communautaire est soumise à une morale extrêmement puritaine ; il était temps que nous nous rencontrions, car la sœur était en train de craquer.

En ce qui concerne ma propre enquête, je n'apprends rien de vraiment intéressant, si ce n'est l'arrivée d'un groupe de Russes dans une communauté de la Haute-Garonne au début de l'année. À part cette origine géographique, facilement justifiable en raison des événements dans les pays de l'Est, leur comportement ne diffère désormais en rien des autres membres de la secte. Quant à l'étude des méthodes de recrutement qu'effectue la nonne, elle ne m'intéresse pas. Il ne reste donc de véritablement positif qu'une somptueuse et imprévue fornication avec une ravissante Mata Hari catholique ; à ce sujet, elle me demande d'ailleurs d'observer la plus grande discrétion, n'étant pas autorisée par son règlement à ce genre d'activités. Renonçant à faire la part de l'hypocrisie et du remords dans sa demande, je promets solennellement à la sœur de me taire et je recommence à la tripoter, déclenchant chez elle une allégresse non mystique qui fait plaisir à voir.

∴

ÉLU DU PEUPLE

En y réfléchissant bien, cette enquête tourne effectivement autour des sectes, même je commence à subodorer quelque chose derrière. Mon esprit cartésien me conduit naturellement à définir préalablement ce qu'est une secte, puisque ce phénomène pseudo - religieux semble avoir une réelle consistance, - paradoxe d'une société laïque.

Le dictionnaire Flammarion me propose cette définition : " (lat. secta, de sequi, *suivre*). 1. Groupement de personnes qui professent une même doctrine. *Secte philosophique.* 2. En religion, groupe de personnes qui ont une opinion particulière, souvent regardée par d'autres comme hérétique ou erronée. " Éclairant, mais insuffisant pour démonter les mécanismes du phénomène que je découvre depuis que Nelly m'a confié cette nouvelle mission. Je dois aller plus avant.

J'ouvre à nouveau la documentation des RG, et je découvre qu'il existe deux associations familiales qui luttent contre les sectes, l'ADFI (Association de Défense et de la Famille et de l'individu) et le CCMM - Centre Roger lkor. Je téléphone à ces deux organisations ; la première me propose l'envoi de documents, ce que j'accepte, la seconde m'organise un rendez-vous avec l'un de ces responsables toulousains, qui n'est autre qu'un député ! Il faut vraiment que les sectes soient dangereuses pour qu'un membre de l'Assemblée Nationale se fasse le héraut de la lutte anti-gourous. Ces associations, ADFI et CCMM, me font une première impression favorable : dynamisme et conviction sincère, sans pour autant tomber dans la répression aveugle.

J'attrape ensuite mon téléphone pour confirmer le rendez-vous avec le député : apparemment, je suis attendu, car le secrétariat de l'homme politique me fait savoir que la rencontre aura lieu l'après-midi même, dans un salon du Conseil Général.

À l'heure dite, je me présente pour voir l'élu du peuple qui s'intéresse à ce problème. Celui-ci, très aimable, m'annonce qu'il avait participé il y a quelques années à la rédaction d'un rapport destiné au Premier Ministre de l'époque, intitulé : « Les sectes en France : expressions de la liberté morale ou facteurs de manipulations ? » ; ses réponses s'appuieront donc sur les conclusions de cette étude, dont il me remet un exemplaire. Il ressort de notre discussion que le Député maîtrise bien le problème ; les pouvoirs publics ont été amenés à s'intéresser aux sectes dans la mesure où celles-ci ont provoqué, par leurs excès, des réactions des familles concernées par cette difficulté ; en outre, la violence des méthodes de certaines sectes a été dénoncée par la presse (violence sur les adeptes qui s'exprime par la pression sociale, la manipulation, l'intolérance et le fanatisme, principes opératoires dictés par la conviction de détenir la seule vérité révélée) ; ceci oblige l'État à étudier le problème, en conciliant d'une part les droits imprescriptibles de la personne dans sa liberté de penser, de s'exprimer, de s'associer, et d'autre part la protection des individus contre toute manipulation abusive ; il ne s'agissait pas de confondre dans le même opprobre l'exploitation spirituelle par les sectes des gens psychologiquement ou économiquement fragilisés, et les mouvements philosophiques ou marginaux dont la présence est incontournable et nécessaire dans une

Démocratie. Cette tolérance explique l'absence d'une législation spécifique ; juridiquement, les sectes sont des associations, et bénéficient d'une liberté qu'il est difficile de sanctionner ; à ce jour, les principales infractions pénales qui ont pu être retenues contre des sectes sont des procédures pour escroqueries, pour injures raciales et provocation à la discrimination raciale, et pour non-représentation d'enfants ; soit une répression difficile pour un phénomène d'une telle ampleur et qui heurte tant la sensibilité de l'opinion publique.

À cet arsenal répressif s'ajoute un certain nombre de réglementations administratives spécifiques (règles de sécurité dans les établissements recevant du public, quêtes sur la voie publique, législation des changes, législation fiscale, obligation scolaire, sécurité sociale, protection des mineurs, exercice illégal de la Médecine, législation du travail, etc.) qui permettent en cas d'accumulation d'infractions, la dissolution d'une secte déclarée sous forme associative.

Globalement, même si l'on observe dans nos sociétés occidentales un besoin d'irrationnel, il est peu probable que le phénomène sectaire prendra une ampleur considérable, car l'état d'esprit fermé qui y règne n'est pas adapté au besoin d'autonomie que l'on constate le plus souvent dans la population ; en outre, un combat acharné contre les sectes, qui créerait des "martyrs de la répression", ne pourrait que maladroitement favoriser ces organisations souterraines ; il semble plus habile d'accompagner ces évolutions naturelles de la société par un certain nombre de mesures respectueuses des mentalités, dont le Député me dresse la liste :

- assurer un suivi pertinent du phénomène sectaire.
- prévenir et informer avec impartialité.
- prôner une laïcité ouverte.
- dépasser le cadre national ; l'un des points forts des sectes est leur internationalisation, tant par le trafic des finances que par l'expatriation des adeptes ; il faudrait donc envisager des structures internationales non gouvernementales, et un dispositif judiciaire adapté.
- informer le grand public
- médiatiser le départ d'un enfant, même adulte, dans une secte.
- adapter le code de Sécurité sociale.
- venir en aide aux Français expatriés.
- affirmer les droits de l'enfant.

L'application de ces propositions permettrait aux Pouvoirs publics de respecter la liberté de s'exprimer et de s'associer, tout en garantissant à l'individu la possibilité de ses propres choix, conditions indispensables d'une vie démocratique ; en conclusion, le Député estime qu'un suivi du phénomène sectaire est nécessaire " dans la mesure où celui-ci revendique hautement l'usage des libertés fondamentales tout en les ignorant dans ses propres pratiques ".

Je n'ai plus grand-chose à demander, car le Député a fait un tour d'horizon complet du problème et je le quitte en le remerciant. J'en sais maintenant beaucoup plus, à une seule nuance près : je sais qu'en tant que membre d'un service de renseignements, j'avancerai encore plus loin dans la compréhension du phénomène, j'irai de l'autre côté du miroir.

GAINSBOURG

Allumant la radio ce jour-là, J'apprends la mort de Serge Gainsbourg, Mon émotion est considérable et la transcription en sera difficile, même si je me souviens encore de l'effet de cette nouvelle, « un coup de tonnerre dans un ciel bleu ».

Face au décès de Serge Gainsbourg, je réagis comme la plupart des gens lorsqu'ils apprennent la disparition d'une vedette du monde du spectacle ; je me rends, consterné, chez le marchand de journaux et j'achète le numéro spécial consacré à la vie de l'artiste. À la différence près que je ne suis guère familier de ce genre de comportement. Autant que je me souvienne, j'avais agi de la même manière pour la mort de Marcel Pagnol (un numéro spécial de Paris Match, que je conserve encore dans ma bibliothèque), et c'est à peu près tout.

Pour l'événement du jour, la mort du grand Serge, le journal Libération a bien fait les choses et j'achète ce journal, ainsi qu'un livre de poche « Evgueni Sokolov » puis je rentre à mon bureau. Je débranche le téléphone, je mets un disque laser sur mon lecteur (« Je suis venu te dire que je m'en vais ») et je cède à la nostalgie. Mon émotion est sincère : nous sommes des millions ce jour-là à avoir perdu un ami, artiste de génie.

La vie de Serge Gainsbourg, que fut-elle, puisque je suis consterné par la mort de l'homme ?

La famille de Serge Gainsbourg fuit la Russie ravagée par la révolution et la guerre civile, passe par Istanbul, puis s'installe à Paris, ou naît Lucien. Son père lui apprend le piano dès l'âge de six ans ; la première mélodie qu'il fut capable de jouer a été *Rhapsody in Blue* de Gershwin. C'est un enfant solitaire, qui trouve dans la musique une compagne de jeux dès sa première enfance. Il travaille très bien, il est même le premier de sa classe.

Arrive la seconde guerre mondiale. Comme tous les petits enfants juifs, les nazis lui infligent le port de l'étoile jaune, mesure cruelle et infâme ; l'adolescence de Serge Gainsbourg est marquée par le danger mortel d'une époque barbare.

Avant de chanter, il peint et fait du cinéma. Il ne se trouve pas beau ; il fut pourtant l'homme qui fit chanter les plus belles femmes, muses méritées d'un talent inouï. Puis il écrit *Evgueni Sokolov,* défi littéraire sur la peinture contemporaine. C'est un artiste immense, chaque chanson qu'il écrit fait partie du paysage culturel. Provocateur et homme libre, sa vie et son œuvre occupent une place unique qui a fait de lui un poète contemporain. "Je fume, je bois, je baise. Triangle équilatéral", a-t-il dit ; il fut aussi un créateur immense. C'était "l'homme à la tête de chou" que nous aimions beaucoup.

∴

Le téléphone sonne.

- Monsieur John ?
- Oui ?

- Voulez-vous découvrir mon fichier des écrivains ? C'est une grande réussite, qui vous intéressera énormément dans la perspective de votre enquête.
- Qui êtes-vous ?
- Je vous donne mon adresse, vous pouvez venir quand vous voulez.

LES NOUVEAUX ÉCRIVAINS

J'ai la chance de pouvoir garer facilement mon véhicule, ce qui n'est pas toujours évident dans le quartier Amaud-Bernard, réputé pour sa convivialité et son originalité. Je m'enfonce dans la ruelle ; un dealer blafard me propose de l'héroïne, je l'envoie promener, regrettant de n'être pas habilité à lui envoyer mon poing dans la figure.

Encore deux rues, et j'arrive devant l'immeuble de mon rendez-vous ; tout est sale, le couloir lépreux révèle dans la pénombre un escalier branlant où je m'engage sans plaisir. Même dans le quartier du Mirail, en pleine réhabilitation, on ne trouve plus de coins aussi sales que celui où je suis en train de mettre les pieds. Sur le palier du premier étage, je trouve une loque humaine, effondrée sur le sol, sans doute en train de digérer une substance que lui a vendue une ordure comme celle que je viens de croiser dans la rue. On ne trouve pas à Toulouse la faune perdue que l'on rencontre à Los Angeles, New York ou maintenant à Moscou mais, même sous le soleil toulousain, les marchands de mort blanche arrivent à faire leur sinistre marché, et cela me dégoûte.

Mais tel n'est pas l'objectif de ma visite ; je continue à monter et je m'arrête au troisième étage devant une porte aussi délabrée que les précédentes ; j'aperçois une sonnette, mais je préfère annoncer mon arrivée en frappant du poing contre le bois de la porte. Elle s'ouvre, et je me retrouve face à un Chinois. Le deuxième de la semaine.

L'Asie est un continent qui m'a toujours fasciné. L'immensité chinoise, le génie japonais, la complexité vietnamienne et cambodgienne... N'importe quel esprit curieux découvre un rêve à sa mesure dans le monde asiatique. Celui-ci, jeune, dynamique et de plus en plus puissant, retrouvera certainement un rôle croissant dans l'histoire de l'humanité, et cette perspective ne m'inquiète pas particulièrement.

L'Asiatique m'accueille avec un grand sourire, il me fait asseoir, m'offre un thé que je refuse, me regarde avec un air de profond contentement, puis se tasse sur son siège et se met à rire. Je garde mon calme, si ce n'est que je donne un grand coup de pied dans son bureau, initiative qui ramène aussitôt le silence. Je dis :
- Cher Monsieur, j'ai répondu favorablement à votre offre de rendez-vous, et je suis devant vous. Vous m'aviez parlé au téléphone de votre « fichier des écrivains » comme d'une réussite extraordinaire que vous vouliez absolument me montrer. Je serais heureux de le voir, et je suis pressé.
- Monsieur John, votre agressivité m'étonne beaucoup. Vous avez la réputation d'être un homme courtois, même si tout le monde sait que vous n'aimez pas perdre votre temps. Je reconnais avoir eu le tort d'un accueil un peu cavalier. Mais vos investigations sont extrêmement dynamiques et beaucoup de gens suivent vos progrès avec une particulière attention. Je sais exactement ce que vous êtes venu chercher, je sais aussi que vous ne trouverez pas ici la réponse, ce qui m'a fait rire, et je vous demande de m'en excuser. Vous êtes venu parce que vous êtes consciencieux, vous avez droit cependant à la découverte de créations originales, puisque le cadre général de votre

enquête est l'univers des sectes. C'est effectivement un outil de gestion des populations remarquable et votre intuition fait de vous un fin limier. Mais ce sur quoi vous travaillez est un minuscule aspect d'un vaste phénomène, et je vais essayer de vous le prouver. Suivez-moi.

Nous nous levons et sortons de son bureau minable pour rejoindre le couloir. Nous nous arrêtons devant une porte terne que l'Asiatique ouvre en pianotant un code sur un clavier. La porte passée, je découvre un autre univers, ultramoderne et sophistiqué, que j'aurais été bien en peine d'imaginer dans un tel lieu : une salle d'ordinateurs high-tech, climatisée et insonorisée, où une dizaine de zombies en blouse blanche travaillent devant des écrans ; ils ne réagissent même pas à notre entrée et continuent à entrer mécaniquement des données dans leurs disques durs. L'Asiatique me laisse découvrir des yeux, puis il me dit :
- Ma secte à moi, c'est cela, Monsieur John. Une centaine d'inadaptés au monde contemporain qui viennent tour à tour travailler ici, gratuitement, bien entendu. Une fois par mais, ils ont droit à un cours de néo - taoïsme dont ils reçoivent une copie par courrier à leur domicile, et ils sont persuadés, je leur ai promis, qu'ils vivront éternellement grâce à l'énergie secrète et magique des "mille-printemps", notion hautement fantaisiste mais dont le nom charmant a des vertus miraculeuses.
- C'est impressionnant.
- N'est-ce pas, Monsieur John. Et ce n'est pas interdit par la Loi, puisque grâce aux coûteuses cotisations mensuelles qu'ils me versent, je leur permets d'apprendre à taper sur un clavier d'ordinateur.

L'Asiatique éclate à nouveau de rire mais cette fois-ci je ne lui en veux pas. Je lui demande :
- Et que recopient vos adeptes ? Des poèmes de Verlaine ?
- Presque, Monsieur John. Ils recensent systématiquement toutes les données littéraires et biographiques des écrivains européens. À un niveau supérieur au mien, une étude sera ainsi possible sur ce qu'on pourrait appeler l'esprit de votre continent et ceux qui en sont les acteurs. Enfin, ultérieurement, des interventions adéquates sur les agents fondamentaux de votre galaxie intellectuelle permettront une réorientation profonde des modes de pensée sur l'ensemble de la planète. Vous comprenez, Monsieur John ?
- C'est une vision futuriste assez bien exprimée pour que je puisse l'appréhender.
- Je reconnais qu'il s'agit d'un projet de manipulation mentale assez complexe ; et puisque je dispose d'une main-d'œuvre fort vaillante, je pousse l'expérience aussi loin que possible. Mais je m'éloigne de vos propres préoccupations. Monsieur John, je vais vous faire une confidence : je ne m'intéresse pas au système RITA. Vous devriez plutôt vous pencher sur les salles de tatouage toulousaines. Et comme je sais que, au-delà de votre fonction, vous êtes un ami de l'Asie, je vous conseille d'envisager un tatouage de dragon, c'est un symbole de succès.
- Je vous remercie.

Je pense que tout individu normal qui se retrouverait dans la rue après un tel entretien serait comme moi légèrement décontenancé ; heureusement, je retrouve le dealer de tout à l'heure, qui me propose à nouveau sa cochonnerie ; et cette fois-ci, je n'hésite pas à lui envoyer une baffe.

TATOUAGES

Le tatouage est l'impression indélébile de dessins sur une part du corps ; n'étant pas un adepte de cette pratique, qui fut très en vogue à une certaine époque, je n'ai aucune idée sur l'endroit où il est possible d'obtenir ce genre de prestations. À tout hasard, j'appelle Robert ; la documentation des RG est précieuse, et le tuyau du Chinois semble encore meilleur que je ne l'imaginais, car mon collègue semble très intéressé par cette information et il m'annonce en outre qu'il me rejoint immédiatement avec un dossier instructif.

Peu après, il arrive dans mon agence et pose sur mon bureau une chemise cartonnée, tamponnée de la mention " confidentiel " ; j'ouvre et je découvre une étude sur la principale salle de tatouages toulousaine, dont le responsable est un militant néonazi connu, responsable de cette mouvance dans la région Midi-Pyrénées. Le travail des RG est complet et les activités du nazillon sont scrupuleusement répertoriées ; pourtant, je ne vois pas le rapport avec notre propre enquête. Le plus rationnel est d'aller jeter un coup d'œil sur cette officine ; j'appelle Jérôme, que nous retrouvons à proximité de notre objectif, situé dans une impasse au centre de Toulouse. Nous garons note véhicule de manière à pouvoir observer l'entrée du magasin. A priori, rien ne distingue cette échoppe des autres salles de tatouages de la ville qui drainent une population un peu décalée et plutôt sympathique ; la fréquentation semble normale pour ce type d'établissements et les clients amateurs de tatouages ne diffèrent pas des acheteurs de compact - disques à la Fnac.

Au bout d'un moment, je décide d'aller faire un tour à l'intérieur Robert reste en couverture dans la voiture et je rentre avec Jérôme dans la boutique. Nous sommes immédiatement frappés par l'allure suspecte des responsables ; contrairement à leur clientèle, ils ressemblent à une mauvaise caricature de l'idée que l'on peut se faire des néonazis, ils vont de pair avec l'idéologie hideuse qu'ils défendent.

L'un d'eux s'avance vers nous et nous demande s'il peut nous renseigner, ce qui me fait sourire intérieurement : je doute que l'abruti borné qui me fait face puisse me donner toutes les explications dont j'ai besoin pour accomplir celle mission. Mais sa compétence se limite aux modèles et aux tarifs des tatouages que propose ce magasin et je m'enquiers du prix d'un dragon, ce qui me vaut un regard surpris de Jérôme.

Tout à coup surgit devant nous le patron, que je reconnais pour avoir vu sa photographie dans le dossier des Renseignements Généraux ; il ne semble pas du tout à l'aise et finit par nous dire étrangement que nous ne trouverons pas ici ce que nous cherchons. Je n'insiste pas : mon expérience professionnelle me dicte que ce type de réaction est une information suffisante pour le moment et qu'il justifie des investigations supplémentaires ; nous sommes dans la bonne direction.

Nous rejoignons notre collègue des RG qui planque toujours dans la voiture. Jérôme est sur une affaire et doit nous quitter immédiatement. Je reste seul avec Robert, à qui je fais part du résultat de notre démarche ; mon impression est toujours la même : nous allons gagner.

∴

SHOAH

Faire le point sur la mouvance nazie n'est pas pour moi un problème et je dispose de bien mieux que la documentation de mon collègue des RG, qui est intéressante mais insuffisante. Je prends le téléphone et j'appelle mon ami Saül, qui accepte de nous recevoir immédiatement. Nous prenons ma voiture et nous rendons à son domicile. Là, nous entrons dans son bureau. Comme d'habitude, il est plongé dans ses livres, ses dossiers. Je le trouve en forme ; à peine sommes-nous entrés qu'il me demande :
- Qui est ce jeune homme ?
- Un Inspecteur des Renseignements Généraux.
- Ah ! Fort bien.

Sa moue semble dire exactement le contraire. Il se tourne vers le Policier :
- Ainsi, vous êtes un Inspecteur des Renseignements Généraux ?
- Oui, Monsieur.
- À Paris ?
- Non, à Toulouse.
- Veuillez vous asseoir. Je puis vous offrir un café ?

Je ne comprends pas très bien la réaction bizarre de Saül, je le regarde fixement pour qu'il me dorme une explication à son attitude réservée. Connaît-il défavorablement l'Inspecteur ? A-t-il eu des ennuis avec les RG ? Visiblement, mon partenaire d'enquête ne lui convient pas. Saül apporte un plateau sur lequel reposent une cafetière blanche et trois tasses noires. Il nous sert un café brûlant, serré, puis repart dans la cuisine ; il revient avec une assiette

remplie de petits gâteaux et nous oblige presque à en manger. Mais il ne donne toujours aucune justification à sa gêne et je le connais trop pour ne pas voir qu'il n'est pas à l'aise vis-à-vis du Policier. Tout à coup, il se décide à parler ; il s'adresse au Policier, sans me regarder, comme si je n'étais qu'un témoin invisible.
- Jeune homme, savez-vous pour qui vous travaillez ?
- Je vous l'ai dit, je suis Inspecteur à la Direction Régionale des Renseignements Généraux de Midi-Pyrénées. Je m'occupe des cultes et des sectes.
- De tous les cultes ?

La voix de Saül devient glaciale :
- Vous fichez la communauté juive ? Je vous demande pardon ?
- Mettez-vous en fiche la communauté juive de Toulouse ?
- Je ne vois pas le rapport entre cette question et mes activités professionnelles. C'est absurde.
- Je l'espère pour vous.

Je n'avais jamais vu Saül dans cet état : une sorte de haine froide, vengeresse, expression d'une douleur insondable.
- Jeune homme, je ne veux pas vous mettre en accusation ; mais vous êtes chez moi, et avant de vous faire confiance, j'ai le besoin et le devoir de vous poser quelques questions. Je suis juif, jeune homme. La quasi-totalité de ma famille a été détruite pendant la seconde guerre mondiale et vous appartenez à un corps de Police qui a été l'un des instruments de celle extermination. N'avez-vous jamais entendu parler des activités antijuives et antimaçonniques des Renseignements Généraux de la Préfecture de Police de Paris pendant la guerre ?

- Si, bien sûr. Vaguement. Mais tout cela est si loin. C'est le passé. Et je n'étais pas dans la Police à cette époque. Il faut oublier.
- Oublier, non. Pardonner, peut-être. Oublier, jamais ; pour que cette monstruosité que fut l'holocauste du peuple juif par l'Allemagne nazie et ses sbires ne se reproduise pas. Vous comprenez mon émotion, Monsieur l'inspecteur des Renseignements Généraux ?
- Je la comprends, et je la mesure. Je vous demande pardon. Mais je ne savais pas.
- Je ne peux vous en vouloir, jeune homme, pour ce qui s'est passé il y a une cinquantaine d'années, et vous rendre coresponsable de la disparition de six millions de Juifs. Mais admettez que je vous tienne ce discours puisque je veux bien admettre de recevoir dans ma maison un Inspecteur des RG.

Je me sens un peu responsable de la violence de cet entretien entre Saül et le Policier ; mais après tout, les propos de Saül ne peuvent être que bénéfiques pour me jeune Inspecteur des RG, qui saura désormais où il a mis les pieds lorsqu'il est entré dans son Administration. La Vérité, dite sans haine et au bon moment, évitera des déconvenues ultérieures aux conséquences plus dommageables. Il ne faut cependant pas prolonger cette leçon d'histoire, et je décide d'intervenir.

∴

ROCK AROUND THE BUNKER

En quelques mots, j'explique à Saül les tenants et aboutissants de notre mission et je termine sur le curieux incident qui nous a opposés au responsable de la salle de tatouages, qui suppose un lien étrange entre les écœurants idolâtres de l'idéologie nazie et le phénomène sectaire ; Saül reste pensif puis se dirige vers sa bibliothèque ; il en sort une revue.

- Voilà, dit-il, j'ai retrouvé un article qui devrait t'intéresser. Les nazis d'aujourd'hui ne se contentent pas de taire du révisionnisme sur les camps de concentration en Allemagne, ni de perpétuer le souvenir malsain de la barbarie qui a failli engloutir l'Europe ; je me souviens d'avoir lu un reportage sur leur tentative de reconstituer une idéologie, fondée sur une pensée syncrétiste douteuse, dont on peut craindre qu'elle ne dépasse les limites des vieux réseaux traditionnels de ce milieu ; en effet, les gens sont aujourd'hui de moins en moins cultivés à commencer par la mémoire historique ; et les quelques intellectuels dévoyés qui ont rejoint cette mouvance tentent d'habiller la façade haineuse du nazisme de quelques notions pseudo-modernistes, qui véhiculent cependant les mêmes thèmes d'exclusion et de destruction du genre humain. L'un des outils de cette tentative de réhabilitation s'apparente à ce sur quoi tu travailles actuellement : c'est une sorte de secte, milieu fermé, adeptes, rites etc., dont les disciples cultivent les schémas les plus classiques et les plus sinistres de la pensée nazie. Or, avec tout ce qui se passe en Europe de l'Est, certains observateurs craignent une dissémination de cette idéologie, dont les thèmes essentiels sont hélas, comme autrefois l'ultranationalisme et l'odieuse « purification ethnique ».

Rien de nouveau sous le soleil, les mêmes idées pourries refont encore et toujours surface.
- Localement, as-tu un point de chute de cette organisation ?
- Malheureusement, oui, même sil est vrai que le phénomène n'a pas encore atteint dans notre région des proportions réellement inquiétantes, Les adeptes de la région Midi-Pyrénées se réunissent dans un château, situé en pleine campagne, à une heure de Toulouse. Je te donne l'adresse, si jamais tu peux aller y faire un tour ; d'ailleurs, d'après les renseignements dont je dispose, se tient ce soir leur réunion mensuelle ; peut-être pourras-tu glaner quelques informations complémentaires, qui m'intéresseront au plus haut point ; moi vivant, je me battrai jusqu'au bout contre la réapparition de cette puanteur.
- Je pense que tu n'es pas le seul ; nous sommes nombreux à ne pas accepter le retour de ces salauds.

Nous quittons Saül, munis de ce précieux tuyau et nous organisons aussitôt notre expédition nocturne. J'appelle Jérôme, qui accepte naturellement de se joindre à nous, puis nous préparons le matériel nécessaire : tenue de campagne, appareils photographiques et d'enregistrement à longue portée, et jumelles ; les miennes sont de fabrication russe : il s'agit d'un modèle extrêmement rare, mais aux performances étonnantes : bien que je lutte à mon modeste niveau contre le KGB, je sais reconnaître les mérites de ce qui vient d'Europe de l'Est lorsque c'est justifié ; en schématisant : le goulag, non, Dostoïevski et Tsiolkowski, oui !

Nous retrouvons Jérôme pour un rapide dîner dans un restaurant des halles de la place Victor Hugo, au cours duquel nous mettons au point notre dispositif ; puis nous démarrons. Nous arrivons très vite sur notre objectif : une vieille bâtisse seigneuriale du XVIIIe siècle, plantée dans les champs ; la surveillance ne va pas être facile car le terrain est plat, et surtout nous n'avons aucune idée des mesures de sécurité prises par ceux que nous allons surveiller.

Nous nous approchons en rampant à une distance raisonnable du lieu de rassemblement ; nous pouvons apercevoir une vaste cour, où ont été installées une estrade et une quarantaine de chaises ; un brasier immense a été allumé, entretenu par quelques silhouettes habillées en tenue paramilitaire de couleur noire ; nous parvenons à reconnaître quelques-uns des nazillons que nous avions vus dans la salle de tatouage toulousaine. Apparemment, la réunion n'a pas commencé, nous assistons aux derniers préparatifs.

Peu à peu arrivent les protagonistes de la soirée : une trentaine de personnes, exclusivement des hommes, ce qui réconforte mon féminisme latent. Nous essayons de photographier tout le monde, le moteur de nos appareils photos résonne dans le silence de la nuit et nous fait craindre d'être découverts. La réunion commence enfin ; comme je l'imaginais, le responsable de la secte n'est autre que le patron de la salle de tatouages toulousaine ; debout sur l'estrade, il harangue ses sympathisants, se prenant sans doute pour un caporal de l'armée allemande du milieu du XXe siècle. Je suis triste et écœuré. Par goût et culture, j'aime le romantisme, la littérature et la philosophie allemandes et je supporte d'autant moins le spectacle navrant de cette poignée d'admirateurs bestiaux de la barbarie nazie. La France a aujourd'hui la chance de pouvoir construire l'Europe avec l'aide d'une Allemagne moderne qui a exorcisé ses vieux démons et voilà que resurgissent les vestiges nauséabonds d'un passé meurtrier pour des millions de personnes sur notre continent. Je rêve d'un monde où l'on ne trouverait que des sectes d'admirateurs de William Shakespeare.

L'orateur a terminé son discours par lequel il a fait huer d'une façon peu originale les acteurs traditionnels du cosmopolitisme et de la démocratie républicaine, y compris d'ailleurs la société américaine ; puis il fait venir sur l'estrade un invité, dont la présence est saluée par des hurlements satisfaits ; je vérifie que mon micro est bien dirigé pour ne pas manquer la suite de l'enregistrement. Il s'agit d'un Russe, responsable éminent d'une organisation d'extrême-droite et antisémite, très en vogue à Moscou, dont j'avais déjà entendu parler. Les propos qui suivent confirment les tristes prévisions de Saül : un noyau dur tente de se reconstituer, pour réinstaller le fascisme en Europe et l'un des vecteurs de ce projet est l'établissement d'une spiritualité néoreligieuse, dont la diffusion est facilitée par l'effondrement du système communiste, qui a laissé un champ de ruines idéologique ; les responsables de la secte nazie comptent sur ce vide momentané pour gagner à leurs thèses les populations désorientées.

Les discours sont terminés ; arrivent des cartons de bouteilles d'alcool et les nazillons entament des bacchanales barbares ; la lueur du feu laisse voir leurs visages abrutis par la boisson et la bêtise ; en les voyant gesticuler dans leur danse grossière, je pense à la chanson de Gainsbourg, « Rock around the bunker »...

Nous en avons vu suffisamment : je donne le signal du départ.

NUIT CALINE

Nous retournons immédiatement à Toulouse et décidons de souffler un peu ; ce soir, relâche. En tant qu'Inspecteur de la Police judiciaire, Jérôme connaît bien Toulouse la nuit. Moi aussi, d'ailleurs, et notre collègue des RG aussi bien. Mais la PJ a une autre approche de la ville, plus répressive, et devant elle les portes s'ouvrent à coups de pied ; les RG, quant à eux, passent par le trou de la serrure, et moi j'ai un double des clefs. Bref, au-delà du mode d'ouverture, nous décidons d'un commun accord d'effectuer une virée nocturne.

Nous commençons par traîner dans les bars des boulevards ; quel que soit l'endroit où nous nous posons, l'un d'entre nous tombe sur une connaissance, indicateur, informateur ou honorable correspondant, suivant le vocabulaire employé dans le Service. Qui a dit que la Police était mal faite ? En tout cas, à Toulouse, le bourgeois peut dormir tranquille, la flicaille est au courant de tout, la rumeur passe sous les fourches caudines policières, et comme nous sommes tolérants, la répression se fait bonhomme, sans être pour autant laxiste.

Après quelques apéritifs, nous prenons la direction d'un restaurant où nous savons trouver une terrasse ombragée. Quelques merguez et verres de rosé plus tard et arrive l'heure de la nuit propice à la sortie policière ; cette heure où les gens normaux dorment, où ne battent le pavé que les amoureux de l'ombre, parmi lesquels on trouve les flics.

Nous décidons ensuite d'aller dans un bar de nuit, près des allées Jean Jaurès ; par un heureux hasard, la tenancière est une excellente amie de la plupart des Policiers toulousains, du moins de ceux qui ne restent pas cloués dans leur bureau.

Nous trouvons comme d'habitude Joséphine pétulante derrière son comptoir, qui nous embrasse chaleureusement Nous ne sommes évidemment pas dupes de cette tendresse débordante, Joséphine est une lesbienne bon teint et il n'y a aucun espoir de la mettre dans son lit. Sans perdre de temps, nous commandons des whiskies, et nous jetons un coup d'œil connaisseur sur la salle. L'ambiance est sinistre, la lumière tamisée censée créer une ambiance propice aux rencontres de circonstance ne révèle que quelques pingouins paumés qui crèvent leur ennui devant un verre qu'ils boivent en solitaire, Nous offrons une coupe de champagne à Joséphine, qui nous confirme la dégénérescence des nuits toulousaines les gens ne savent plus s'amuser. Nous parlons alors du bon vieux temps, toujours mieux que le présent et nous décidons de reprendre la route.

Nous passons en voiture place du Capitole ; Jérôme conduit, un œil sur la rue ; comme tout bon flic de Police Judiciaire, il veille sur les passants, à l'affût d'un hypothétique flagrant délit ; mais mis à part quelques touristes en goguette, la ville est calme, la lumière des lampadaires éclaire des trottoirs paisibles, même pas un petit dealer à ramasser, il est vrai que ce n'est pas le quartier. Nous hésitons : allons-nous regagner nos, pénates, ou bien poursuivre notre sortie ?

Nous passons devant le Commissariat Central, ruche illuminée où échouent toutes les violences nocturnes, mais nous ne nous sentons pas le courage d'aller voir les collègues de permanence, qui nous raconteraient les sempiternelles mêmes histoires de délinquance. Nous nous faisons doubler par un camion de Police, rempli de Gardiens de la Paix, gyrophare et sirène allumés, qui fonce vers une destination inconnue ; après une courte hésitation, nous renonçons à le suivre. Notre nuit s'essouffle, il va falloir prendre une décision... Par un heureux rebondissement, le jeune Inspecteur des RG déniche sur le tableau de bord une carte de visite, une publicité pour une sorte de boîte de nuit installée dans une péniche qui flotte sur la Garonne. Il ne nous en faut pas plus ; Jérôme redémarre en trombe.

Nous embarquons à bord de la péniche ; l'ambiance nous convient déjà bien mieux. Il s'agit d'un nouvel établissement, aucun de nous trois ne le connaissait. Le décor est feutré et luxueux, quelques minettes girondes assurent le service ; une piste minuscule est réservée aux amateurs de danse et aux jeunes femmes disponibles qui veulent le faire savoir ; bref, un cocktail réussi des ingrédients habituels pour ce genre de boîte.

Pour le moment, nous ne voyons aucune blonde à déguster ni aucune rousse à croquer ni aucune brune à dévorer ; alors, nous parions boulot. Il y a un vent de réformes dans la grande Maison Poulaga ; les RG se remettent péniblement de la départementalisation, qui a consisté à rapprocher les trois quarts des effectifs de cette Direction de ceux de la Police Urbaine, dans le cadre d'un renforcement de la lutte contre la petite et moyenne délinquance ; rapprochement qui a occasionné un certain stress lorsqu'il a été mis en œuvre, mais qui avec le temps a ouvert d'utiles passerelles avec les autres services de Police ; la Police Judiciaire, quant à elle, a gardé sa royale et souveraine autonomie ; mais un plan futuriste nommé « PJ 2 000 » a réorganisé la carte judiciaire du pays, remettant parfois en cause certaines féodalités et relançant à l'inverse quelques carrières qui sommeillaient ; à vrai dire, tout cela concerne au premier chef les Commissaires, mais la promiscuité opérationnelle de ces services actifs est telle que les Inspecteurs ne peuvent y être indifférents. En ce qui me concerne, il est entendu par convention que mon Service n'existe pas, et qu'en outre il n'a jamais d'états d'âme ; je participe donc à cette discussion technique plus en auditeur qu'en acteur, ce qui me permet au moment opportun de remarquer l'arrivée de trois superbes blondes. J'interromps mes collègues, qui étaient en train d'envisager de permuter, pour leur signaler cette délicieuse et triple apparition. Comme par magie, les soucis professionnels s'estompent, et nous opérons un véloce mouvement d'abordage, ne laissant aucun espoir aux autres hommes esseulés qui se trouvent dans la boîte.

La suite des opérations est caricaturale : discussion, coupes de champagne, rires, répartition, et dispersion. Ce soir, l'équipe d'élite que j'ai constituée se sépare, chaque membre étant accompagné d'une charmante jeune femme. Je dévisage celle à qui je vais offrir l'hospitalité : je dois honnêtement reconnaître que j'ai plus souvent vu ce genre de donzelle dans les magazines que dans mon appartement. Ce métier a parfois du bon.

GNOSE OPÉRATIVE

- Écoute, petite...
- Tu rêves, mon vieux !
- Reste avec moi.
- Pas question.
- Tu m'aimes ?
- Bien sûr que non.
- Tu as passé la nuit avec moi...
- ET ALORS ? Quel ringard !
- Pas de sentiments dans la relation amoureuse ?
- Pas toujours !
- Mmm... Cette voix, ces mains, CE REGARD !

Elle se lève, j'admire son corps. Elle s'habille, exprès, devant moi, bien devant moi. Elle va partir, je sens qu'elle va partir, comme ça, en me plantant là comme un vieil amant fatigué. Moi, niais :
- Tu t'en vas ?
- Of course !

Elle ouvre la porte de l'appartement, je jette un dernier coup d'œil sur mon bonheur qui va très prochainement disparaître ; quelle galère, la vie ! Moi, toujours aussi niais :
- Déjà ?

Elle se retourne :
- Tu pourras te vanter d'avoir fait l'amour avec une adepte de la Gnose opérative, mon amour.
- Sans blague ?
- Au revoir. Je t'aime, un peu. Salut.

Elle s'en va, la porte se referme, non, dans sa précipitation, elle la laisse entrouverte ; elle est partie, et je la regrette déjà. L'enquête se poursuit. Je m'étire, je bâille, puis je repense à ma soirée.

Ainsi, j'ai hébergé une adepte de la secte de la Gnose Opérative ; j'en garderai un fort bon souvenir, avec juste le regret de n'avoir pu prolonger un peu notre passionnant tête-à-tête. J'attrape la documentation des RG, qui ne quitte plus le tiroir de ma table de nuit depuis le début de cette mission, et je cherche la fiche qui concerne cette organisation.

D'après ce que je peux lire, je n'ai pas couru de grands risques au cours de la nuit qui vient de s'écouler ; a priori, cela ressemble plus à une formation professionnelle pour adultes de bonne famille en mal d'ésotérisme, un peu comme la franc-maçonnerie, qu'à une secte nocive pour les libertés individuelles ; de toute façon, je serais franchement un malotru de dénigrer la Gnose opérative après l'agréable soirée que je viens de passer, même s'il m'en faut beaucoup plus pour me convaincre de l'utilité de ce genre d'organisations.

En tant qu'officier de renseignement responsable, je dois cependant me poser une question sur la sollicitude dont mes associés et moi avons fait l'objet de la part de la Gnose opérative. Certes, à aucun moment au cours de la nuit écoulée, la charmante jeune femme dont j'ai été le dynamique amant n'a fait une allusion au système RITA, ni même à un éventuel abus de la répression policière contre les sectes ; elle a simplement été absolument adorable avec moi.

Cette gentillesse ne cadre pas ; d'après les informations dont je dispose, la Gnose opérative est d'origine allemande et son centre international actuel est situé en Californie, ce qui m'éloigne du KGB.

Je téléphone à l'inspecteur des RG, que je réveille. C'est à peu près le même scénario que pour moi ; il est seul dans son lit et il découvre sur l'oreiller de sa maîtresse envolée un petit mot charmant l'informant qu'il a aimé une adepte de la Gnose opérative : il prend cette aventure du bon côté et se pose moins de questions de moi, je sens même qu'il commence à être vraiment ravi que nous fassions équipe ensemble. Jérôme, que j'appelle ensuite, trouve la situation beaucoup moins amusante ; en bon flic de Police Judiciaire qui s'appuie sur le Code de procédure pénale, il n'apprécie pas trop les subtilités des jolies émissaires de la Gnose opérative ; il ne faudrait pas le pousser beaucoup pour qu'il rédige un rapport à sa Direction Centrale sur une tentative d'outrage généralisé aux forces de Police toulousaines. Je le calme, puis je raccroche ; à vrai dire, je suis moi-même assez mécontent ; je n'aime pas me faire manipuler, surtout d'une façon aussi primaire.

Je réfléchis ; visiblement je fais fausse route, je suis en train de perdre mon temps à découvrir des organisations dont certaines n'hésitent pas à faire preuve d'attention, voire d'affection pour moi et mes coéquipiers ; quant à celles qui sont véritablement dangereuses, ce ne sont certainement pas trois Policiers toulousains qui vont en venir à bout ; de toute façon, ce n'est pas mon objectif.

ANARCHIE

Je n'y comprends plus rien, mon étonnant esprit de déduction à la Sherlock Holmes est en panne : des Russes, des nazillons, des sectes, des secrets scientifiques que tout le monde connaît et des jolies femmes en pagaïe... Il est temps que je prenne du champ.

Je prends ma voiture, direction la Gascogne. J'ai décidé d'aller voir mon vieil ami Stéphane. Résistant pendant la seconde guerre mondiale, puis ancien militant du Parti Communiste, il est aux dernières nouvelles poète, philosophe et anarchiste ; surtout il s'est retiré dans une vieille ferme du Gers, où il élève dans la sérénité la plus complète quelques chevaux, activité qui n'est troublée que par les visites de ses quelques amis, dont je fais partie.

Stéphane m'accueille avec un grand sourire ; je le trouve en train de brosser sa dernière acquisition, un superbe alezan fougueux et brillant qui me regarde approcher de son maître avec un œil rond et anxieux. Stéphane me hèle :
- Salut, Poulet
- Bonjour, Einstein

Le surnom dont il m'affuble est compréhensible ; celui que je lui donne s'explique par ses anciennes activités professionnelles : avant d'être un heureux retraité prônant l'anarchie à la Brassens, il était scientifique de haut niveau ; c'était à ce titre que je l'avais connu, dans le cadre d'une mission de prévention sur la recherche scientifique française ; il avait hurlé de rire lorsque je l'avais mis en garde contre les barbouzes du KGB, car il travaillait alors sur les missions spatiales franco-russes, ce qu'évidemment j'ignorais ; à la suite de cette déconvenue, j'avais rédigé un rapport à ma Direction, en demandant de préciser à l'avenir les secteurs scientifiques où nous ne travaillions pas avec les Soviétiques, et qu'il convenait donc de protéger. Non pas que je fusse gêné de passer pour un imbécile auprès des chercheurs scientifiques de haut niveau mais je préférais que cela n'arrive qu'une fois.

Stéphane n'étant ni rancunier ni prétentieux, ne m'avait pas tenu rigueur de cet alarmisme inadéquat et nous étions devenus amis ; de temps en temps, lorsqu'il n'était pas trop plongé dans sa recherche, il me livrait même quelques brillantes analyses sur les failles du système de défense de notre société, qui à chaque fois me laissaient pantois et découragé ; par exemple, comment détruire instantanément la population des trente plus grandes villes du continent européen, ou provoquer une crise énergétique irrémédiable ; dans tous les cas de figure, notre Société apparaissait d'une fragilité inquiétante.
- Alors, me dit-il, as-tu enfin délivré notre planète du communisme international ?
- Je m'y emploie, je m'y emploie... Et j'ai justement besoin de ton aide.
- Franchement, ai-je une tête d'auxiliaire de Police ?
- Écoute, je ne te demande pas de dénoncer des voleurs de bicyclettes, mais de m'aider à résoudre une importante affaire d'espionnage.
- Ta logique est antinomique avec l'épanouissement de la recherche scientifique.
- Tu raisonnes avec vingt ans de retard. Nous sommes en guerre, Stéphane, et notre avenir économique est en jeu.

- Toujours les mêmes arguments bidon. Le progrès du genre humain ne supporte pas les frontières.
- OK. Mais tout le monde ne pense pas comme toi, nous vivons dans un monde de rapports de force, où celui qui gagnera sera celui qui dominera ; et cette domination passera par la technologie. Et tout va très vite, de plus en plus vite, mon vieux. Tu as décroché depuis dix ans, tu n'imagines pas combien les choses ont changé depuis l'angélique époque où tu avais un laboratoire à Rangueil.

Stéphane se met au garde à vous et commence à crier :
- 5 sur 5, mon Capitaine. Répétez après moi : je participe à l'esprit de défense, je me battrai contre le péril rouge, le péril jaune et les hirondelles qui défèquent sur le rebord de mes fenêtres. Tu me casses les pieds. Allez, viens prendre un verre.

Nous entrons dans sa maison ; nous nous installons dans la cuisine, où trône une vaste cheminée ; nous nous asseyons instinctivement près de l'âtre, où un feu chaleureux répand une chaude lumière. Stéphane sert un vieil Armagnac, que nous dégustons en silence moments privilégiés de l'amitié. Je lui dis :
- Tu as réussi ton installation.
- Oui. Je ne regrette pas ma vie toulousaine ; je n'ai plus l'âge, il est vrai. Bon, revenons à nos moutons. J'ai envie de rire un peu : relis-moi le texte fondateur de ta légitimité professionnelle.
- « La Direction de la Surveillance du Territoire a la charge exclusive, sur les territoires relevant de la souveraineté Française, de la lutte contre les activités inspirées, engagées ou soutenues par des puissances étrangères, de nature à menacer la sécurité du pays. »

- Tu le sais par cœur ?
- C'est obligatoire. Je continue ; il y a trois axes de recherche :
1) contre-espionnage : contrer toute forme d'ingérence visant l'ensemble des rouages de notre société.
2) lutte contre le terrorisme : rechercher tous renseignements permettant la neutralisation des acteurs du terrorisme organisé par des services étrangers.
3) protection du patrimoine industriel, scientifique et technologique : mise en place d'un dispositif axé sur le développement d'un esprit de sécurité, des réflexes de vigilance capable de préserver des visées étrangères sur les secteurs de pointe de l'activité nationale (production, potentiel économique, documentation, etc.).
La DST a seule le soin de centraliser et d'exploiter tous les éléments ou indices recueillis par tous les services participants à la sécurité (Police Nationale, Gendarmerie, etc.). La transmission de tels renseignements doit s'opérer saris délai et de façon directe au service ST le plus proche.
- Merci pour la leçon, Inspecteur. Maintenant, passons aux applications pratiques de la théorie. Explique-moi tout, donne-moi l'intégralité des données du problème.
- C'est une longue histoire... Un tantinet anarchique, c'est pourquoi j'ai pensé à solliciter tes lumières. Grosso modo, tu trouves un système de transmission utilisé par l'Armée, les services secrets soviétiques, des sectes débiles, et des néonazis aussi folkloriques que dangereux ; soit un curieux mélange que je n'arrive pas à ordonner.
- Ne te fais pas de souci, nous allons trouver la solution. Je t'écoute.

∴

BACK IN THE U.S.S.R.

Je raconte à Stéphane les différentes pérégrinations qui ont agité ma vie de flic toulousain depuis le début de cette mission ; lorsque j'ai terminé mon récit picaresque, il pousse un soupir de soulagement et me dit :
- Je savais que tu faisais un métier particulier, mais à ce point... Bien, essayons de résoudre l'énigme ; tout en t'écoutant, je réfléchissais, et j'ai dégagé une constante dans ton récit : la prolifération de citoyens russes, personnalisée par le quidam que tu as aperçu lors de la soirée organisée par la horde nazie. À mon avis, tu devrais t'intéresser de très près à ce personnage.

Il y a des remarques qui, lorsqu'elles ont été prononcées, modifient tellement la perception des choses qu'elles deviennent évidentes et impératives ; je n'ai pas besoin d'en entendre davantage pour retrouver mon énergie. Je remercie Stéphane et je lui promets de revenir bientôt le voir, quand je serai venu à bout de cette enquête ; puis je rentre vers Toulouse. Là, j'appelle Robert et je lui demande de m'accompagner immédiatement à la salle de tatouages. Nous ne sommes pas déçus : lorsque nous entrons dans le magasin, nous trouvons la quasi-totalité des protagonistes de la sinistre fête nocturne, dont le Russe qui fait désormais l'objet de toutes mes attentions. Visiblement nous devons commencer à les gêner énormément, car notre intrusion crispe l'atmosphère au plus haut point. Le responsable des nazillons s'avance vers nous d'un air menaçant et je m'apprête à lui taper dessus ; mais le Russe le stoppe en l'interpellant :
- Arrête ! Je vais m'occuper de ces messieurs.

Dans une ambiance particulièrement lourde, le Russe nous propose de le suivre dans la rue afin de discuter ; nous sortons de la boutique en traversant le groupe hostile, il suffirait d'un rien pour qu'éclate une bagarre générale.

À part Robert, le Russe et moi, l'impasse est déserte ; notre curieux interlocuteur nous regarde d'un air peu chaleureux, puis nous dit :
- Vous êtes têtus.
- Toujours ! Qui êtes-vous ?
- Vous ne le savez pas encore ?
- J'aimerais vous l'entendre lire.
- Vous n'aviez même pas commencé votre enquête que j'étais déjà au courant de vos prochaines investigations, Monsieur John. Ne jouez pas les naïfs : nous sommes entre professionnels.
- Alors nous allons pouvoir discuter sérieusement ; par quel moyen récupérez-vous les secrets scientifiques et militaires ?
- Vous n'avez pas encore compris, ou vous vous moquez de moi ?
- Je crois que c'est à moi de poser les questions et à vous de répondre.
- Quel est le cadre légal de votre demande ?
- Si vous voulez un cadre légal, cela peut s'arranger très rapidement... Pour l'instant, nous en sommes au stade d'une discussion amicale.
- Vous ne me laissez guère le choix, Monsieur John. Je vais donc satisfaire votre curiosité. Ainsi que vous avez pu l'observer, certaines sectes sont un moyen imparable et efficace pour récupérer les gens qui n'arrivent pas à surmonter leurs soucis personnels ; et au détour d'une

conversation, il est aisé de récupérer des informations qui intéresseront mon Service ; car dans la nasse se prennent toujours quelques poissons dont les connaissances sont passionnantes. Il a suffi, pour que le système soit opérationnel, de tisser une toile suffisamment vaste pour que la pêche soit fructueuse ; cela m'a pris plusieurs années, mais n'a pas posé de grandes difficultés, nos contemporains sont tellement fragiles qu'ils sont nombreux à se prendre dans les mailles de mon filet.
- Vous ratissez large, y compris les néonazis...
- C'est dans l'air du temps, donc c'est rentable. Vous savez, Monsieur John, je partage la même aversion que vous pour ces minables admirateurs de la barbarie nazie : il ne faut pas oublier que mon pays a souffert comme le vôtre de la seconde guerre mondiale et je méprise profondément les nostalgiques de cette époque. Pourtant, ils sont tellement bêtes que je ne vois pas pourquoi je me priverais de leur service. Ils sont rudimentaires, mais efficaces, et je vais vous le prouver.
- Comment ?
- Monsieur John, je vous ai déjà révélé que la mise en place de ce système de renseignements sophistiqué m'a pris des années, et je ne vais pas vous laisser le détruire. Vous êtes performant, Monsieur John, mais vous ne gagnerez pas contre moi.

Le Russe se retourne soudain vers la salle de tatouages et appelle en renfort ses acolytes ; je peux déjà supposer qu'ils ne vont pas nous réciter du Tolstoï.

∴

CASTAGNE

« Ici, même les mémés aiment la castagne... » (Claude Nougaro, "O TOULOUSE").

Ainsi, le KGB manipule la trentaine de nazillons toulousains et tire les ficelles des sectes les plus nocives que l'on peut trouver en ville, à des fins d'espionnage. Comme la vie est simple, Tout éclaire, et je peux reprendre contact avec Nelly.

Mais pour ce faire, il faut d'abord que l'Inspecteur des RG et moi-même sortions du guêpier où nous nous trouvons. L'impasse est étroite et sombre, et les sbires qui nous font face n'ont vraiment pas l'air sympathique. Ils le sont encore moins lorsqu'ils se mettent à sortir des battes de base-ball et à nous taper dessus ; la mâchoire du Policier des RG éclate à peu près au moment où je mets un genou à terre à cause du coup qui frappe violemment mon crâne. La situation est grave : un inspecteur des RG et un agent de la DST vont se faire massacrer en plein jour, à Toulouse à la fin du XXe siècle, par des nazillons que finance une secte manipulée par un agent des services secrets russes... Nous vivons une drôle d'époque.

Au moment où je m'attends à recevoir un autre coup, fatal celui-ci, intervient un changement de programme : surgissent à l'entrée de l'impasse des véhicules d'où sortent des hommes en armes ; j'ai l'immense satisfaction de reconnaître, malgré mon état comateux, le Commissaire Jean et son équipe de la Section Recherches.

Je fais le rapprochement avec la cavalerie américaine, puis je m'évanouis.
Je vais sans doute me réveiller dans un lit d'hôpital.

NELLY EN VACANCES

Fraîche et joyeuse, Nelly entre dans ma chambre d'hôpital et pose sur ma table de nuit mon journal préféré. Le titre d'un article me saute aux yeux : « La reconversion du KGB : interpellation de cinq personnes soupçonnées d'espionnage au profit de l'ex-URSS ». Je lis rapidement l'article et m'amuse comme d'habitude du décalage avec la réalité.

Facile pour cette fois-ci, notre succès avait cependant démontré « les limites de nos systèmes de sécurité dans les périodes de rapide évolution géopolitique », comme dit Nelly depuis que notre Direction l'a envoyée en stage à Gif-sur-Yvette, le nouveau centre de formation de la Police.

- Notre collègue des RG a reçu une prime et une décoration, me dit-elle enfin.
- Et toi ?
- Moi, j'ai une semaine de vacances. Que nous pouvons passer ensemble.

La DST sait vraiment soigner ses agents.

∴

– Écrit à Toulouse en mars 1991 –

Ouvrage conseillé : « Les sectes et l'argent »,
Rapport N° 1687 de la Commission d'enquête de l'Assemblée Nationale,
Jacques Guyard, Président, et Jean-Pierre Brard, Rapporteur, Députés, 10 juin 1999.

Dessin de couverture : P.L. (que nous remercions)

Éditeur :

Books on Demand GmbH,
12/14 rond-point des Champs Élysées,
75008 Paris, France

Impression :

Books on Demand GmbH, Norderstedt, Allemagne

ISBN : 9782322111381

Dépôt légal : avril 2018

www.bod.fr
-